目次
contents

美少女粘膜開発

第一章　教室でのセルフパンチラ

松島美咲《まつしまみさき》は教室のドアのすぐ近くに、関悠真《せきゆうま》というクラス一カッコイイ男子と二人で立っていた。

「ここなら誰か来たとき、クラス目標が取れかかってたのを直していたとか言えるだろ」

黒板の横の掲示板に、時間割と横書きのクラス目標の紙が画鋲《がびょう》で留めてある。

放課後の教室には二人のほか誰もいなかった。

「スカート上げて……」

手でしゃくるような仕草をして言われた。

立っている場所は廊下から人が来ると足音が聞こえる。悠真にこっち、こっちと手を引かれて掲示板の前まで来た。

クラス目標の貼り紙のことでは、そこに二人でいる口実にはちょっと無理がある気もしたが、クラスメイトはみんな帰ったし、先生とか、よそのクラスの子が来ることは考えにくいので、大丈夫だとは思っていた。

今年最終学年だが、悠真とは去年から同じクラスだった。彼とはすんなり話ができて、一カ月もすると、学校からいっしょに帰ったりするようになった。

ずっとあとになって、同級生の女子がスカートを捲って見せてくれたと言っていたが、それからまもなくして二学期に入ったころ、美咲は突然パンツを見せてくれと言われた。どうもその子のことで味をしめたようだった。

そのときはすぐ断ったし、ちょっと嫌いにもなりかけたが、「冗談、冗談」と言って誤魔化されていた。

学年が上がって一学期も終わろうとしている今、またセルフパンチラを求められた。

「僕を好きじゃないの？」

スカートを捲らないでいると、男の子の決まり文句で脅かされた。

(いやっ、前に好きだとコクっちゃったことを盾に取られてるわ)

悠真が女子に人気があるのはクラス全員が認めていて、美咲がつき合っているのも知られている。美咲から告白したこともあって、悠真が主導権を握っていた。一度女子のやっかみで意地悪をされたとき、悠真が怒ってくれた。それ以後誰にも冷やかされたりはしていない。

美咲は授業中教師から指されたら「はい」と元気よく返事するように親から言われていた。一度そのように声をあげてみんなに笑われた経験がある。そのとき、悠真は別におかしくないと言って庇《かば》ってくれた。

親に言われていたのは他にもあって、学校で勧められている本など月に最低でも三冊読むように決められていた。辞書片手に読まされて、赤や黄色の付箋《ふせん》がたくさん張ってあった。辞書を学校に持っていったとき、同級生に勉強している姿を見せびらかしていると言われて嫌な思いをした。

ただ悠真も同じように辞書に付箋を貼っていて、それでいいじゃんと言ってくれた。僕もやってると辞書を見せてくれて、そのときも嬉しかった。

悠真は授業中シャープペンシルの音を机でカタカタさせて教師に注意されるくらいで、ふだんはまじめな子だった。

悠真がエッチなことを要求するのは自分にも原因があると美咲は思っている。数日前、帰るとき悠真の視線を感じて、床に置いたバッグから物を取るふりをして、わざと片足を立ててしゃがみ、前からパンツが覗けるようにした。そのとき、確かにスカートの中を見られた。

だが、あからさまにスカートを捲るように言われると恥じらってできない。でも、そのときは自《みずか》らやってしまった。眼が合ったが、悠真の表情から自分の気持ちを悟られたと思った。恥ずかしいのに妙なトキメキを感じたことを覚えている。

美咲は年齢に比べてやや華奢なほうである。乳房も平均より小さい。身体は小さいけれど、くびれた胴からやや大きなお尻までの線がセクシーだった。

胴に比べて腰幅が広いように見える。「丸くて大きいな」と男子からお尻を見て言われたこともある。

大人の視線も浴びることがあって、背後からでもお尻を見られている気配を感じた。美咲も自分の身体つきが乳房以外は女になってきているのを自覚していた。お尻が丸くて肉づきが良好な美咲は、半年くらい前から男の視線を感じるようになっていた。

お尻はもちろん大人ほど大きくないが、尻たぶの双丘が飛び出しているように見えて、少女ながらセクシーな美尻である。

最近、髪型を流行りのゆるふわボブにしてから、可愛くてしかも色っぽくなった。

「小さいけど、オッパイが膨らんでる」

恥じらってスカートを捲れないでいると、悠真がちょっとしびれを切らしたような顔をして、指で胸を指して言った。

キャミソールに形を表している乳房は、乳腫れが少し進んだくらいの段階だった。大人の形にはほど遠く、ポコッと飛び出す程度だった。

今着ているキャミソールは肩ひもがやや幅の広いもので、本当はもっと細い大人っぽいストラップが好みだった。親が許さないので仕方なくいかにも子供らしいキャミソールを着ている。

スリップはストラップがはみ出すかもしれないので着ていない。ジュニアスリップなんて、それ自体ひもに幅があって好きじゃない。それを着るときはあまり肌が露出しないシャツ、ブラウスになる。

美咲の乳房はまだ房の丸い形ができていない。乳輪を中心に小さな山が隆起して尖ったような、少女特有の形だった。

乳房の底面積はピンポン玉を半分に割ったくらいで小さかった。高さはややあって、着ているキャミソールにはっきり浮き上がって見える。

美咲がパンチラを嫌がると、悠真はちょっと諦めたように頷《うなず》いて教室から出ようとした。

「待って」

美咲は悠真が思わせぶりにやったような気もしたが、嫌われたくないのですぐ呼び止めた。

両手の指ですその真ん中に近いところをつまんで、恐るおそるスカートを捲り上げていく。

ショーツの中央が覗けてきた。

「ピンクだ」

顔を近づけて見られ、腰を引いた。

「ピーチよ。ピンクはもっと濃い色」

羞恥心を隠しながらも緊張した表情になる。初めて男子の前で自らスカート捲って下着を見せた。

悠真の視線はショーツの逆三角形の膨らみに注がれている。悠真にはその部分とちょっと上の恥丘しか見えていないようで、少し屈《かが》んで美咲の前に顔を近づけてきた。

じっと眼を凝らす表情になっている。

イケナイこともほんの一、二分で終わる。そんな思いで、悠真の顔に視線を落としている。眉がくっきりとして太く、鼻が高い精悍《せいかん》な雰囲気のイケメン男子である。

手でスカートのすそを捲ろうとしたので、美咲は一歩後ろに下がった。

「見えない。もっと上げてよ」

悠真も近づいてきて催促してくる。

美咲は無言で首をプルッと振った。

白い太腿がつけ根近くまで見えている。これ以上捲ると、別の恥ずかしいことがわかってしまう。

(だって、今穿いているショーツ、ひもパンティだもん——)

もともと悠真にならパンツくらい見せてもかまわないと思っていた。でも、ひもパンは恥ずかしい。スカートを捲りはしても、ショーツの前の狭い範囲しか見えないようにしていた。

駅の近くに美咲が通っている塾があるが、去年の暮れ、駅前に大型スーパーが建った。美咲は最近塾の帰りに下着売り場に行って、今穿いているひもパンティを買った。ジュニアショーツには適当なものがなく、大人のSサイズのショーツの中から探して、目に留まったのがピンク(美咲が言うピーチ)のひもパンティだった。お友だちに見られないように体育の授業がない日だけ穿いている。

美咲は悠真に求められても、スカートを少し捲ったくらいでそのままにしていた。

「ちゃんと上まで捲って」

手ですっと上げる仕草をされて、スカートを捲るように促《うなが》された。

美咲は以前から羞恥と興奮のセルフパンチラを覚悟していたし、内心期待してもいた。ひもパンティは恥ずかしいが、このままで終わることはできないと思った。嫌がるようなそぶりを見せながら、両手の指でスカートのすそをつまんでゆっくり上げていく。

「もう少し」

と、悠真が手で上へもっと捲るような仕草をした。

美咲は黙ってスカートを手で捲った。

キラッと光るピンクのビキニのウエストゴムの辺りまで捲った。

「あっ、ひもパンだ！」

結局、ショーツの前全部が出て、ひもの部分まで見えてしまった。

ピーチと美咲が言った淡いピンク色のひもパンティは、セクシーなビキニサイズである。笑われるかなと心配したが、悠真はひもの部分をちょっと見て、あとはじっと前の逆三角形の部分を凝視するように見ている。

腰の左右二か所で、ひもを蝶結びにしてギュッと締めて結んでいる。パンティのすそはお尻の肉にしっかりと食い込み、そこがプリプリしていた。

悠真がそのひもに手を触れてきた。

「ヤン」

その手を上から押さえた。

が、悠真はさらに手を股間に入れようとした。

「やめてっ」

慌てて腰を引き、悠真の手を摑んだ。

「前のところ、小さいんだな。ピンクで光ってて、やっぱりひもパンってエロいなぁ」

ほぼ隙間なく密着した光沢パンティは綺麗な逆三角形の真ん中に魅惑のスジができていた。それは美咲からは上のほうしか見えなかったが、ずっと奥までつづいている。スジの左右に大陰唇の膨らみの形も露《あらわ》になっていた。

去年オッパイもまだまったく膨らんでいないころ、二分丈のスパッツを穿いて外出したときに体験したのと同じだった。そのとき化繊の生地が下腹部に密着して、少女の恥部の輪郭が完璧に露呈していた。

薄いコットンショーツを穿いていたが、長時間幼膣とその襞に貼りついて、じっとりしてきた。スパッツも薄い生地で化繊なので食い込んでしまった。

美咲は外から帰ってきて、恥ずかしい食い込みを鏡に映して確認していた。外で大人の男にジロジロ見られていたからだった。

そのスジができた光沢のあるピンクのパンティを、今、好きな男の子ではあっても間近からじっくり見て楽しまれている。

悠真は割れ目を凝視していた。カッコイイ男の子なのにスケべなおじさんと同じようなニヤリと笑った顔で見ている。

「もういい？」

そう訊《き》くと、悠真は黙ってわずかに頷いた。

だが、頷く一方で割れ目に顔を近づけてきた。

ちょっと腰を引いた。掲示板のある壁にお尻が当たってつかえた。

悠真の手がすっと股間へと伸びてきて、指先が割れ目に触れた。

「あっ、だめぇ！」

美咲はピクンと身体が痙攣したが、指を曲げ伸ばしされていく。

そこまでされるとは思っていなかった。ちょっと逃げられない位置に立っていて、捲っていたスカートを離して悠真の手を上から掴んだ。

が、そのときにはもう指先が一番感じる少女の突起に当たっていた。

（イヤッ、そこは、一番弱いところだもん）

美咲はドキドキして鼓動が速くなる。恥ずかしいのに興奮してくる。

（あぁ、快感でイケナイ気持ちになっちゃう）

悠真にじっと顔を見られている。感じたことがわかったようだ。割れ目に触りながら、ちょっと鼻息が荒くなっている。

「エッチ」

しばらく触らせてしまったが声をあげて、腰を大きくひねりながら、悠真の手を押しのけた。

「お、女の子の、そこに触ったらいけないのよ」

悠真君は好きだし、パンツを見せるのはいいけれど、女の子の大事なところに触られると気持ちが引いてしまう。

美咲が自らスカートを捲ってパンティを見せてしまうと、悠真はそれを要求していながら、どこか蔑《さげす》むような顔をした。

そんな気持ちでいるとしたら嫌だけど、今は見られる快感に心が満たされて、わずかな時間だったが心がときめいた。

本来望んでいたのは楽しくつき合う程度で、そこをいじられると快感なのは事実だが、刺激がありすぎてショックだった。

ただ、男に割れ目を触られたのは初めてではなかった。美咲は去年三回も痴漢されていた。三回とも塾に行くときの電車内での痴漢被害だった。かなりねちねちとお尻と割れ目にイタズラされた。決まって六時十五分に始まる遅い授業の日だった。

最近五時開始の個別指導の授業を一コマ増やしたが、そのときは下校時に方向が反対の家へは帰らずにそのまま塾に行っている。電車がそれほど混み合わない早めの時間帯なので、痴漢に遭遇することはまずない。遅い時間帯の日は相変わらず危険があって、ミニスカートやショートパンツは穿かないことにしていた。

「後ろ向いて」

「えっ……」

もう割れ目にまで触られて感じてしまい、その恥ずかしさと少女にもある屈辱感でちょっと眼がウルウルしている。嫌いにはならないが、これ以上触られたら男の子のエッチな手なんかピシャリと叩いてそのまま帰るつもりだ。

でも、言われたとおりくるりと後ろを向いた。

お尻の割れ目の上のほうは一センチくらいはみ出している。

子供でもお肉が丸くついていて、骨盤も張っている美咲は、ビキニでSサイズならそのように尻溝を覗かせてしまう。ウエストのゴムの位置はおへそのはるか下である。

「家に来て、裸見せてよ。僕も見せるから」

何を言い出すのか、調子に乗っている。

「嫌よ」

言われたことを想像すると、赤面してしまう。ただ口で言うのとは反対に、ふと彼の家に行ってみたくなった。

美咲の気持ちは最初のころの恋愛感情から、エッチなことをする興奮に変わってきていた。

最後に、案の定お尻をスッとひと撫でされた。

今日は塾の授業がある日だった。駅前の学習塾に通っている。

父親は優秀な大学を出て高学歴だが、女の子はそれほど勉強できなくてもいいという考えの持ち主だった。将来は管理が厳しい女子大に入れるつもりらしく、成績上位の美咲は反発もあって、強硬に偏差値Aランクの有名大学に行きたいと主張した。

将来キー局の女子アナになるとぶちまけてしまい、それなら猛勉強しろと言われた。

学校は普通の公立なので、少なくとも学校のクラスでは一番になれと言われた。美咲はまもなくお稽古ごとのバレエ教室をやめて、塾の授業を増やして勉強に専念していた。

若いちょっとイケメンの塾講師の才川俊司《さいかわしゅんじ》とは以前からときどき眼が合ったりしていた。

座っている椅子と机は学校のものとよく似ていて、才川は美咲が机の下で脚を開けば下着が見えてしまう位置に立っていた。

きっとひもパンティだとわかってしまう。才川に今、脚の間をちらっと見られたような気がする。

(先生、わたしのパンツ見たいのかな?)

美咲はまだ女子高生のようにものほしそうな眼で男を見たりはしないが、頭の中ではそんな成長した少女と同じことが起こっていた。

顔を見られることと、身体、特に下半身を見られることには大きな違いがあるが、どちらも自分の中の女を意識させられた。

授業のあとわざとぐずぐずして、ホワイトボードを拭く才川の後ろ姿を見ながら教室から生徒が出ていくのを待った。

ほぼ生徒がいなくなったのを見て、美咲からふらふらと才川に近づいていった。

大人の男のそばに立つと、緊張と何か頼りたいような心情が同時に芽生えた。話しかけられるようにゆっくり才川のそばを通り過ぎようとすると、

「最近可愛くなったね」

上手《うま》い具合に才川から声をかけてきた。

思わずはにかみ、笑顔になってしまう。勉強でストレスを抱《かか》え込んでいた美咲だが、少し救われるような気持ちになった。

人がいないことを一瞬意識する。それは才川も同じではないかと顔を見て思った。

美咲から何を話せばいいかわからないので黙っていると、ちょっと疑うような眼をして才川が近づいてきた。

才川も可愛くなったと言ったきり何も言わないので、美咲は緊張に耐えられずに眼をパチクリさせて帰ろうとした。

美咲のお尻に才川の手がポンと当たった。

お尻が大きくてまん丸いからやっぱり触られた。そんな思いになった。

才川には前からお尻をジロジロ見られることがあった。背後からだとわからないが、横から見られているとき気づいていた。

今は確かに故意にやられた。身体が刹那《せつな》固まって立ち止まる。

才川の反応を待つと、指先で快感に弱いお尻の山の部分にまた触られた。指先ですっと撫でられたのだ。

美咲は自分の「触られたい」気持ちを見抜かれたと思った。

ドキドキしながら才川の顔は見ずに、教室を出た。

エレベータのところまで振り返らずに、足早に歩いていった。

大人から、わたしのような子供の身体はどんなふうに見えるんだろう。ただ小さくて細いだけなのかな……。いや、エッチな眼で見る人もかなりいるはず。

女の子の小さな丸っこい身体つきって、スケベな大人の男の人は興奮するんだわ。

美咲は大人に対して才川に出会う以前から、疑いと同時に恥ずかしい期待感を持っていた。

あぁ、オッパイだって、先生にときどき見られていたような気がする。

Tシャツや今着ているキャミソール一枚だと、乳房の形はかなり表面に出てしまう。

去年の春に乳輪から先がぴょこんと飛び出したときからだが、最近はその乳腫れの段階から少し発達して膨らみが目立ってきている。痴漢に指でつまんで揉まれたこともあった。

駅までちょっと俯きながら、てくてく歩いていく。

学校で好きな男の子にパンティを見せて恥裂に触られた興奮を引きずっていたが、才川にお尻を触られた一瞬のほうが心に昂《たかぶ》りを感じた。

（あぁ、今日たった一日で、悠真君と才川先生、二人と一線を越えちゃったわ！）

毎日ランドセルを背負って学校に行く少女にとって、セルフパンチラと性的な部分へのお触りは大事件だった。

美咲は今日の学校と塾での出来事で興奮が収まらなかった。好きな男の子は悠真なのだが、才川の存在が心の中の大半を占めていた。

塾に行く前か、帰ってきてから夕飯までに学校の宿題をできるだけやっておくように親から言われているし、自分でもそうしようと思っていたが、ほとんど手につかなかった。

ご飯を食べてしまうと、お風呂に入った。

才川の手の感触がまだお尻に残っている。お尻に触られたときのイメージを頭の中で反芻《はんすう》しているとだんだん萌えてきた。

いつもシャワーで身体を洗ってから湯船に浸かる。美咲は身体に湯をザーッと浴びてから、大きなスポンジにボディシャンプーをつけて、濃く厚い泡を立てた。

子供なのに大人の男の人に狙われている。塾の講師だから知的な人だけど、恐くて恥ずかしくて、すごく快感で悩ましくなる。

美咲はスポンジでたっぷり泡を立てて身体を洗っていく。寒さを感じなくなるほど泡で身体を覆って、子供なのに全身を愛撫するように洗った。

胸に薄く膜が張ったようについたシャボンからピンクの乳首が覗けていた。シャボンがゆっくり流れ落ちていく。

美咲は股間を覆う白いシャボンの塊《かたまり》を一気にザーッと洗い流した。

そのとき敏感な突起に強いシャワーの放射が当たって、ピクッと腰が反応した。

（あぅ、ちょっとイケないことしちゃう）

妙な気を起こして、内腿にシャワーの湯を当てていく。くすぐったいような気持ちよさがあった。

股間を避けて、シャワーの放射を乳首に当てた。

「くぅっ」

乳首が感じて、すぐ尖ってきた。

声を漏らしたが、水圧が強すぎてそれほど感じないので、弱くしてようやく手が洗えるくらいにした。糸のように細い放射で乳首を愛撫する。

かなり感じてきて「くっ、くぅっ」と小鳥のさえずりような声で喉を鳴らした。

シャワーのヘッドを下へ移動させた。

熱い湯を恥裂に当てた。

「あっ、あぁうっ……」

幼膣の敏感な粘膜に快感を起こさせた。

（外から聞かれちゃう――）

声がバスルームの外に漏れてはいけない。口を開かないよう我慢する。

美咲は以前割れ目から石鹸の泡を洗い流すとき快感があったことがきっかけで、ときどきシャワーオナニーをやっていた。

経験でミスト機能に切りかえたほうがいいと知っているので、その小さな水滴の放出に変えて恥裂に当てた。

脳裏に悠真や才川のことが浮かんだ。今日の恥ずかしい行為を思い浮かべる。下着を晒したり、お尻を撫でられたりした。

二人の姿をリアルに想像するというより、男の眼を意識する妄想の中に入っていく。

人に見られながら恥ずかしいシャワーオナニーをするMの快感に目覚めている。

美咲はそのミスト吐水で細くなった湯の放射を恥裂に当てつづけると、効果抜群だということを経験で知っていた。特にクリトリスオナニーは強いイキ方になった。最初は軽い快感だったのが徐々にその快感が積み重なって、じわじわつらいほど感じてきた。

プルプル、プルプル、小さな襞びらが震えているのが自分でもわかる。

湯の放射でクリトリス包皮が剝けて、膣口にお湯が入ってきた。

弱い部分がジンッとしみる。

快感で身体全体がうねうね蠢《うごめ》いて止まらない。

じわりと来る熱さと、細かな湯の放射が当たる刺激で「はうっ！」とまた声をあげてしまった。

部屋でオナると親が不意に来る危険もあるが、バスルームなら問題ない。愛液も気にする必要がない。愛液や汗はそのままシャワーで流してしまえる。ただし声は聞こえてしまうので気をつけなくてはならない。

わずかでも声が外に漏れるとまずい。美咲は何とか声を我慢した。

(悠真君、わたしがこんなことしてるって知ったらどう思うかな？)

左右の尻たぶは完全な球に近い形を見せている。シャワーを味わいつつ、腰を反らせてその丸いヒップをぐっと上げてみた。

するると少女の秘密の花園が背後の誰かに晒されるようなイメージになった。そのまま力を入れて尻を上向かせたまま、シャワーヘッドを長く持ってバックから熱いシャワーの放射を浴びせつづけた。

「はうぅ」

我慢していても、少し声が漏れて出てくる。

また口を閉じて耐えた。息をするのも我慢している。膣口と肉芽が同時にカッと燃えて、特にクリ豆が弾けてしまいそうになる。

声は出さずに奥歯を噛みしめて快感を味わう。

ああっ、もうイクゥ！

心の中で「イクーッ」とイキ声をあげた。

「ああーん」

刺激で、オシッコがピューッと飛び出した。

ピク、ピクッと腰が甘く囁《ささや》くように痙攣する。

ジュッと愛液がひと塊、深いところから膣口めがけて分泌するのを感じた。

（あぁう……す、すごく感じちゃった。病みつきになるぅ）

自分の恥ずかしい顔の表情まで意識してしまう。バスルームに曇り止めを塗った鏡があるが、それを見るのも恐い。

イッたあとも、シャワーを膣や肉芽に当ててみた。

鼻に響く快感の声を漏らして、またもや子供とも思えないような腰の上下動を見せた。

「あン、あぁン」

オルガズムのあと、へなへなとお湯で温かくなったタイルの床に横座りになった。シャワーを太腿からお尻へとかけていく。

立ったまま脚を開いてオナニーをしたが、床に座って開脚したほうがやりやすいのはわかっていた。

硬いタイルの床に座って脚を開き、指で大陰唇を開いて幼肉にもう一度シャワーを当てた。

ハッ、ハッと息をついて、やや長い時間当てつづけ、徐々に高まっていった。

ミストでの湯の吐水はじわじわ効いて悶えに悶え、最後に激しく達する。

機能性の高いシャワーなので。水圧を調整して、ちょうどいい距離と水圧で完璧になる。

あまり長い時間はできない。身体を洗う時間も必要だから、長時間やると親に疑われる。

今度は肉芽にピンポイントでやって、一気に達してしまおうとした。細くて強い水流にすることができて、これだとクリトリスに当たればあっという間に快感が高まる。

水流を強くしてクリに当てると、快感が急上昇した。突起と秘穴に再び異常な快感が襲って、一気に高まった。

(イ、イ、イクゥーッ!)

美咲はその言葉を口の格好だけにして、心の中で淫らに叫んだ。またもや愛液が垂れ漏れて、膣と肛門がキュッ、キュッと何度もきつく締まった。

少女なりにしっかりしたお尻と尾てい骨で身体を支え、背骨を反らせて小さな顎を上げた。

(うンくっ、くっ、くはぁうーっ!)

細く絞られた強い水圧でクリイキはあっという間に達成された。激しく感じまくったが、疼痛と快感が合わさって苦しいようなイキ方になった。

(あーう、イクイクの絶頂として最高のような気もするぅ)

でも、クリの肉豆に痛みが残ったことも事実だった。

「あぅ、あぁぁ、うふン……」

イキまくったあとの余韻を味わう。赤い小さな口を金魚のようにパクパク開け閉めして、小鼻を膨らませた。黒目勝ちの愛らしい瞳が涙でウルウルしている。

まだ熱い愛液が出てくるのを感じる。

美咲はしばらく胡乱《うろん》な眼をしてバスルームの天井を見ていたが、やがて湯船に浸かった。

落ち着いてからシャンプーをして、もう一度身体を足先までさっと洗って風呂から上がった。

美咲はタンスから出して持ってきていたコットンの女児ショーツを穿いた。ウエストゴムがおへそのちょっと下にある。大きいショーツであまり好きじゃない。

（あぁ、ママが買ってきたわ。三枚もある……）

穿かないことが多いが、ずっとタンスに入れたままでいると何か言われそうな気がした。仕方なくときどき穿いている。

快感と興奮の一日が終わると、まだちょっと寝るには早い時間だが、ベッドに寝転がった。

膝をつき、下半身を枕に向かって倒して俯せになった。

腹這いに寝そべると、少女らしからぬモコッと前に出た恥骨が枕に圧迫された。

俯せで脚を思いきり開いた。股間全開になるだけでなく、恥骨が圧迫されて陰核包皮も押され、その包皮が剝ける感じがした。そのまま動かないでいると、やがて肉芽にうっ血するような快感が起こった。

(この状態、感じてくるぅ)

シャワーで火照らせた秘部に圧迫を加えたまま、腰をグッ、グッと小さくだがすばやく前後動させていく。以前からときどきやってきた方法だった。

恥丘を枕に擦りつけていくにしたがって、その下の割れ目の始まる部分が大きく動いて快感が生じている。

広い骨盤にたっぷりついている少女の脂肪のお肉がプルッ、プルッと快感で震えた。

「あぅ……く、来るわ……あう、あぁン」

股間に枕を挟んだ。太腿に力を入れて閉じていく。最後の詰めは股間に物を挟んで直接クリトリスに圧迫を加えたかった。

顔をしかめて内腿でギュッと枕を締めつづける。肉芽が圧迫されて快感がじわじわ積み重なってきた。

(し、してぇ！)

膣への肉棒の挿入を妄想して、ジーンと感じるまま力いっぱい股関節に力を入れた。

ビクッ、ビクン……。

股間から腰肉まで痙攣が及んで、膣口がギュッと締まり、お尻の皺穴も収縮した。

「あっ、あぁあああうぅーっ、イクゥッ、イク、イクゥーッ！」

少女の恥肉が熱く濡れて、上体がぐっと起きてくる。十秒近くアクメが続いた。

「はうン――」

ガクッと落ちて、涎が垂れた。

あぁ、わたし、恥ずかしい女の子……。自虐の思いで、眼差しが妖しくなってくる。

尖った舌先に少女のエロを覗かせて、上唇をネットリと舐めた。

第二章　同級生兄の粘膜弄り

　それからしばらく日が経った。スカート捲りは求められなくなっていた。

　悠真は微妙なバランスでときどき悪さをしてくる。気持ちを考えて焦《じ》らしてくるようなところがあるわ……と、ある意味質《たち》が悪いのかもしれないと美咲は思った。カッコよくなかったら絶対つき合わなかった。

　一週間は経ったころ、休み時間に廊下で後ろからポンと肩を叩かれた。

　振り返ると、悠真だった。

「兄ちゃんがね、連れてこいって」

「えっ？」

　何を言われたかすぐにはわからなかった。

「家に遊びに来いってさ」

眼がちょっと笑っている。

「もしかして、パンツを見せたこと言ったのぉ？」

辺りをキョロキョロして、小声で訊いた。

「うん。いけなかったかな」

「だめよ、人に言っちゃ」

「でも、兄貴だから」

「それでも、だめぇ」

後ろから誰か来たのでもっと声を小さくして、顔をしかめる。身内でも人にしゃべるとは思っていなかった。悠真を信じていたことを後悔しはじめた。

「悪かった。でも言ってしまったことは仕方ないだろ。で、いっしょに来てよ、家に」

悠真はけろっとして言う。勝手な言い分に腹が立つが、美咲は返答に困った。恥ずかしい秘密を知っている彼のお兄さんがいるところへ行くなんて……。男が二人いるところへ行くのが恐かった。

(アソコに触らせたことも言っちゃったのかなぁ？)

それも話したかもしれない。でも訊《き》く気にはなれなかった。

明るく行動的な悠真はクラスの他の子にも言ってしまいそうだ。

美咲は結局断り切れなかった。

悪くするとそのお兄さんにもスカートを捲れと言われるかもしれない。ミニスカートは捲られるか、そうでなければ覗かれる。警戒した美咲はショートパンツを穿いていくことにした。

だが、ショートパンツですその長いものは持っていない。短くて可愛いものばかりだ。すそからパンツが覗けるかもしれないが、体育座りのような座り方をしなければ見えないだろうし、見えてもちょっとはみ出すだけ。そういうことはしょっちゅうあるから気にしないことにした。

（ショートパンツって、しゃがむとお尻にピッタリ貼りついてくるわ）

美咲はスカートよりましかもしれないけれど、まん丸いゴム毬のようなお尻を見られると思った。前にそんなことが何度かあったような気がする。でも、電車内の痴漢以外では触られたことはないから大丈夫だろう。

ただ、どんな服を着ていても女の子の身体の線は出てしまうから、男の人は視線で追ってくる。ショートパンツだけでなく、ミニスカートでも同じだ。何年か前の単なる子供のときはじっと見られたりはしなかったのに、最近は眼で楽しもうとする大人に次々と出会うことになった。

悠真君の高校生のお兄さんって、年齢から言ってそんな大人のいやらしさを持ってるかな？

それくらいの齢《とし》の男の子から触られたり、じっと見つめられたりした経験はなかった。

美咲はそれから二度悠真に求められて、不安だったが日曜に待ち合わせる場所を決めてしまった。今度の日曜日は親が二人とも用事でいないようで、なおさら不安になる。

悠真の自宅のアパートは徒歩で通学できる場所にあったが、美咲の家とは学校から見てちょうど反対方向だった。かなり距離があって今回はバスで行くしかなかった。

待ち合わせ場所の近くでバスを降りると、もうそこまで悠真が来て待っていた。

悠真が手を挙げて合図してきた。

市の中心の街からかなり外れているところで、深い側溝沿いの歩道を行くと、やがて悠真の家に着いた。

去年普通のアパートだと聞いていたが、やっぱりあまり綺麗とは言えない古い木造の集合住宅だった。

一階は隣の家の陰になって陽《ひ》が当たらない感じだが、悠真の家は二階で陽当たりは良好なようだった。でも外観を見ただけで四人家族には狭い家だと思った。

ただ裕福でないことは美咲にはどうでもよかった。カッコイイ悠真を嫌いになんてならない。そんな思いで後ろから、悠真がドアを開けるところを見ていた。

玄関に入ると、すぐ悠真の兄が出てきた。

「やあ、聞いてたとおり可愛いね」

顔を見ると、すぐそう言ってきた。可愛いと言われて悪い気はしないが、眼が笑っているように見えた。

「僕、関蒼太《そうた》。高二ね」

自分で顔を指差して言った。

兄弟だから顔はちょっと似ていた。

悠真君ほどイケメンじゃないけど……。美咲は悠真から兄ちゃんは剣道部でけっこう強いんだと聞かされていた。顔つきからも鍛えられているように見えて、それなりにカッコよかった。

「おじゃましまーす」

靴を脱いでちゃんと揃えて置くと、「おっ、礼儀正しいね」と言われた。美咲は二コリと笑顔で返した。

美咲はすぐ二人の部屋に入れられた。

部屋は四畳半だろうか、兄弟二人で寝るにはかなり狭い気がする。

ゴーッとうるさい音がしている。窓に取りつけられたエアコンの音だった。

強い風が吹いてくる大きな縦型のエアコンを見ていると、

「壁に付けるちゃんとしたエアコンは、隣の家の壁が近いから室外機が置けないんだ。エアコンというか、クーラーね」

蒼太が言うのを美咲は頷いて聞いていた。品がないように思われそうだから、興味はあったが部屋の中をキョロキョロと見たりはしなかった。

まだ六月だが、今日は夏日でかなり蒸し暑い。

「スカート捲ってパンツ見せるんだってね」

早くも恐れていたことを訊かれた。面と向かって初対面の人に言われると、赤面してしまう。

「ジュニアアイドル並みに可愛いね。身体の線が大人になってる。ウエストのくびれがちゃんとできていて、ヒップラインも上々」

ジュニアアイドルというのはピンと来ないが、身体の線については自分でも同じように感じていた。それにしても言い方が妙におじさんぽい。わざとそう言っているようにも聞こえる。

「胸がポコッと小さく丸くなって突き出してる」

キャミソールに形が出た乳房を指差してくる。

「やぁン」

思わず手で胸を隠した。悠真よりずっとエッチな感じのお兄さんで、高校生で身体も大きいから恐くなってくる。

「ジュニアアイドルってどんな子?」

美咲は気をそらそうとして、彼が言ったことにかこつけて訊いてみた。

すると蒼太はすぐ机の横にある棚から、ポータブルのＤＶＤプレーヤーを出してきて畳の上に置いた。

ケーブルをつなげてリモコンのスイッチを何度か押した。

早送りになって、途中から美少女二人が現れた。一人は赤いＴバックショーツ、一人は小さなクロッチのひもパンティを穿いていた。

美咲は二人といっしょに座って見ていた。

「この子たち、僕らと同じ齢だってさ」

悠真が言った。一人は大人びて見えるが、もう一人は逆に一歳くらい下に見えた。

蒼太はさっきエッチなおじさんぽい話し方をしていたが、何かそれも頷けるような気がした。こういう少女のビデオに興味があって、美咲は自分もそんな少女たちをいやらしい眼で見るように見られているのだと感じはじめた。

「この水色のひもパンティの子はもっと小さいころから人気で、有名大学に入った。もうとっくに引退してる」

蒼太が言うことからすると、やや昔のビデオらしい。まさか男の子二人と下着姿の同年齢の女の子の映像を見ることになるとは思っていなかった。ひもパンティの子は大人びた雰囲気の少女だった。

「水着じゃないよ。パンティとブラジャーだ」

蒼太が言う。二人とも超ビキニだから、ウエストのすそが恥丘の上、尻たぶ上にあって、お尻は半分以上露《あらわ》になっている。ジュニアショーツとは思えないようなセクシーさで、お揃いのブラジャーも子供用だろうが、カップになっていなくてただの三角形の布切れだった。

自分がもし全国にこんな姿を晒したらと思うと、羞恥と秘められた快感で萌えてきそうな気がする。

「美咲ちゃんのオッパイでもブラジャーできるよ」

蒼太にあけすけに言われて、美咲は顔を赤らめてプルッと首を振った。エッチな言い方も嫌だが、「美咲ちゃん」って言われたくなかった。

ビデオの子たちのブラジャーはごく小さなもので、大人用のSとかSSではなく、やはりジュニアブラのようだ。

「ほら、バックポーズのセックスポーズ！」

「いやぁン」

少女たちが四つん這いになると、蒼太が大きな声で言った。美咲は耳を塞ぎたくなった。

やがて少女たちは横臥《おうが》して、片脚の脛を手で持って高く上げたままの格好になった。

「あれはね、むふふ、横向きに寝そべっても、男のチ×ポを挿入される格好なんだよ」

「えっ、い、いやっ……」

蒼太が顔を近づけて、じっくり言ってくる。

横臥した少女たちは全身、下半身、股間を次々撮られていくので、蒼太が言ったようにセックスのポーズとして撮られているようにしか見えなかった。

挿入という言葉を耳にすると、性教育の授業を思い出す。ペニスの挿入という表現が使われて、授業のあと女子の間で「ペニス挿入」という言葉が交わされるようになった。その言葉が耳に残っている。

（あぅ……ジュニアアイドルって、ぺ、ペニス挿入をイメージするビデオ撮られるのね）

当然本人もわかって撮らせていると美咲は思った。自分だけじゃなくてたくさんの女の子が見られるマゾの気分でいることがわかったような気がした。

蒼太がビデオを早送りにした。

「これ、これなんだ。最高のシーンは……」

現れたのは少女たちが公園の雲梯《うんてい》に摑まる場面だった。脚を上げて前の鉄棒に足の裏をのせる。二人とも長めのスカートが下がって大きく捲れ、パンティが丸見えになっていく。

「あはは、Tバックで丸見え。クラスでもいるんじゃない、Tバックの子？」

今度は悠真が訊いてくる。美咲はわざと首をかしげる真似をして応えなかった。

×学生もどんどん下着がセクシーなものに変わってきている。学校の外ではメイクする子もたくさんいて、大人の女のどこか淫らな顔になっている。Tバックを穿いていた子もいる。クラスの子でおへそまで隠れる女児ショーツを穿いてる子なんて一人もいない。

「こういうの親が悪いって言うよね。させてるからね。でも少女は見られたいから撮らせてるんだ。嫌なら絶対しないはずだよ」

「うん、どう見ても楽しそうにしてる」

兄の蒼太が言うと、悠真も頷《うなず》いて美咲の意見を聞きたいような顔をした。

わたしも何かの拍子で……と、刹那《せつな》不安な気持ちにかられた。ビデオに出演するわけじゃないが、似たような恥ずかしいことをしてしまいそうで、ちょっと恐い。現に好きな子であっても、悠真の前で自らスカートを捲ってしまった。ふと自分を晒す興奮を思って、妄想を抱いてしまう。

エアコンの涼しい風に吹かれながらＤＶＤを見ているうち、悠真たちとの間に沈黙が流れた。

「あぁっ」

声をあげたときには、蒼太の手がショートパンツに伸びて指がすその中に入っていた。体育座りだったから、すでにショーツのすそが見えていたようだ。

「この膨らみが可愛いな」

指二本で掻き出す動きになって大陰唇に達した。蒼太の気をそらそうとして、DVDをいっしょに観たことがかえって裏目に出てしまった。

悠真にパンツを見せたとき割れ目をいじられたが、光沢のあるひもパンティだったせいもあったようで、それに凝りて今日は白のコットンショーツを穿いていた。コットンのジュニアショーツはセミビキニしか持っていない。セミビキニはぶかぶかしていたりしないので、大陰唇の形がわかったのだと思った。

ショートパンツはここへ来る前お尻に触られるかもしれないとは思っていたが、最初から女の子の大事なところをイタズラされた。

美咲は身体をひねって、さっと立ち上がった。

再び沈黙の時間が流れた。今度はかなり気まずくなってしまった。

「触っちゃいやぁ。帰るわ」

「冗談、冗談。帰らないで」

蒼太は笑って誤魔化そうとした。悠真は慌てる兄を眼を細めて見ている。そんな二人はどこか滑稽だが、美咲は口で言ったのとは違って帰るつもりはなかった。あまりひどいことをされない限り、エッチなことも認めてしまいそうなのだ。それほど怒らずに、崩した笑顔の中に羞恥心だけ覗かせている。

「もう触らないよ。大丈夫。美咲ちゃんはバレエができるんだってね。ちょっとやって見せて」

蒼太がふと思いついたように催促してきた。

バレエのことは悠真から聞いていたようだが、今の状況では恥ずかしくて気が引けてしまう。人前でバレエのポーズを見せるのはかなり慣れていて、もともとそんなに嫌じゃない。見られるだけならたとえ下着が覗けても仕方がない。そんな気分になっている。

美咲はその場に立ってバレエのポーズを取った。

二人が見ている前で片脚を上げて大きく開脚する。バレエの訓練で股間は柔軟になっていて痛くないが、ショートパンツのすそが上がってきて、パンティが覗けてしまった。それは悠真の顔をちらっと横目で見てわかった。兄の蒼太もそれほどニヤニヤしているわけではないが、眼は笑っていた。

「綺麗。可愛い。バレエやってる子は違うよねえ。そのままジュニアアイドルのビデオになるよ」

蒼太がちょっと取ってつけたように言った。

「レオタードとかじゃなくて？」

「このままでいい。ちらっと見えて、興奮する」

「あはは、でも、もしスカートを穿いてバレエやったらすごいだろうね」

バレエのポーズを取りながら、兄弟のエッチなやり取りを聞かされた。だが、狭い部屋で間近から男の子に見られると、意外な興奮が呼び覚まされた。

ショートパンツの股間がピンと張って、割れ目に挟まっている。大陰唇が開いて、その間にパンティとその上のショートパンツが食い込むかたちになった。

蒼太は眼の色が違ってきた。さっと近寄ってきて、美咲が警戒して少し離れると、「ちょっと」と何が言いたいのかわからないが、ショートパンツに手を伸ばしてきた。すぐサイドのファスナーが下ろされて、ショートパンツはさっさと脱がされてしまった。

「いやぁーっ、脱がすなんて聞いてないわ」

美咲はどこまで認めるかなんて約束してきたわけでもないのに、ついそういうふうに言ってしまった。

美咲は下がパンティ一枚になって、畳の上に仰向けに寝かされた。

土手はもっこり盛り上がっている。下腹はすっきりしてパンティの逆三角形がとても綺麗だ。

蒼太に内腿からパンティまで両手の指でそろりそろりと撫でられた。ゾクゾクッと虫唾《むしず》が走る快感に見舞われたが、蒼太の眼はもう前のスジをじっと見ている。

「あっ、あぁっ……」

指で魅惑のスジをゆっくりなぞり上げられた。身体がビクッと引き攣るように反応してしまう。

上はまだ着ているけれど、下はもうパンティ一枚になってしまった。美咲は手で隠しているが、もう割れ目まで触られはじめた。

美咲は両手で前を覆ってそこを守っている。ちょっと涙ぐんでもいる。

「弟にも触らせたんだろ？」

上から顔を覗き込んで、妙に囁《ささや》くような声で言われた。

（あぁ、悠真君、やっぱりそのことをしゃべってたのね）

美咲はちょっと悲しくなる。言わないでほしかったのに……。

そんな悲しい顔をして、悠真を見た。悠真は少し誤魔化すような笑顔を見せている。

そんな悠真君って嫌いっ。

美咲が頑《かたく》なに前を手で守っていると、蒼太は「裏返しぃ」と言って、美咲の身体をひっくり返して俯せにさせた。

「いやっ、恐い……」

俯せだと手が使えないし、何か逃げられないような気がしてしまう。腹這いになると、二人の姿が見えないだけに不安で恥ずかしさも増していく。

「ガバッと」

両足首を掴まれたと思ったら、大きく開脚させられた。

「ああっ、だめぇ！」

パンティを穿いていても、股間が晒されて危険を感じる。さっきバレエのポーズで股間は蒼太たちにつぶさに見られているが、やはり腹這いは逃げられない無抵抗感が強くて恥ずかしかった。

「大丈夫、触らないよ。じゃあ、バックポーズに……バレエのポーズさ」

「えっ？」

身体を起こして四つん這いの格好にさせられた。

四つん這いのバックポーズなんてバレエのポーズにはない。その格好はお尻と股間を特に意識させられてしまう。

美咲は「いやっ」と声をあげて腰をひねったが、二人がかりで左右から脚や腰を掴まれて動けなかった。

「やっぱりバレエやってるからかなあ。こんなに身体が反るんだね」

美咲は腰を反らせぎみだから、お尻が上がって丸みが目立つ格好なのはわかっている。兄弟の視線がお尻と割れ目に注がれている。

「ウエストからお尻まで身体の線がたまんないなあ。けっこう長くて、ロリータのよーくできたエロボディだ」

「うあぁ」

また美咲の苦手なおじさんっぽいいやらしい言い方をされて狼狽《うろた》えてしまう。腰が一瞬カクッと落ちて震えた。

お尻の丸みを愛でるようにゆっくり念入りに両手で撫でられていく。ぐるぐる大きく円を描くように面白そうに撫で回されて「あはぁ」と快感の溜め息をついた。

しばらく撫でさすられて、一瞬お尻の割れ目にまで指がすっと入れられた。美咲がブルッとお尻を振って嫌がると、デリケート部分から指は離れたが、尻肉の柔らかい丸みをギュッと摑まれたりした。

また仰向けに寝かされて、両脚とも高く上げさせられた。

「ああっ、エッチな格好はやだぁ」

胸のほうへ脚を倒されてもがくが、兄弟二人に身体の左右から両脚を摑まれているので抵抗できなかった。恥ずかしいまんぐり返しに持っていかれた。

「すごい、女の子のこんな格好見るの初めてだ」

悠真が見下ろして興奮しているが、「女の子の」と言ったことが特に自分でなくてもいいと思っているように美咲には聞こえて嫌な気がした。

蒼太の手がやはり上を向かされた股間に入ってきた。クロッチの長い楕円の膨らみを指先が的確に捉えた。

「やぁン！　触らないでぇ」

イタズラしてくる手を押しのけたが、その手はさらに悪さしてきた。美咲のショーツのゴムを摑まれたのだ。

「脱がすのだめぇーっ！」

蒼太に穿いていた真っ白なショーツを摑んで引っ張られた。

ショーツはスレンダーな脚をスルスルと通って、あっという間に足先から抜けていった。

ついにパンティを脱がされて下半身が裸になってしまった。しかも恥ずかしいまんぐり返しの格好でだ。

（男の子に見られてるっ！）

その恥ずかしさは尋常ではない。でも心のどこかでそれを望んでいた。そんな気持ちを抑えることができない。

「ほーら、上からオマ×コにズブズブッと嵌《はま》るよ」

蒼太があからさまに言う。

「い、いやぁぁ！」

男の人のアレを挿入することを言ってる。

（こんな格好で上からなのぉ？）

両脚上げで上からのしかかられてやられる。そんないやらしいやり方って泣いちゃいそうになる。女子の猥談で聞いたことがないセックスの体位だった。

そばで悠真がパンティを手で弄《もてあそ》んでいる。だめぇと叫びそうになるが、そのとき、兄の蒼太が指を恥裂の中に入れてきた。

「うわぁ、い、いやぁーっ！」

敏感な粘膜を刺激が襲って、大きな声をあげた。

揃えて上げさせられた脚が衝撃で開いたが、その脚の間に蒼太の顔がある。太腿のつけ根を掴まれて、ヌニュルと湿潤な割れ目のお肉のところに指先が侵入してきた。膣の粘膜をそろりそろりと撫でられる感触に耐えている。

穴に指が入りそうになる。

「やぁン、あぅ、あぁぁ、だめぇーっ！」

「お尻の穴と二センチ、いや一・五センチも離れてない」

その穴とお尻の穴がすごく近いところにある。知っていたけれど、言われたくない。

美咲はお尻のまん丸い幼肉を見られたり触られたりしているうち、バックから大人がいじることができるのはお尻の穴と女の子の敏感な穴二つともだとわかるようになっていた。そして背後からお尻を見られるだけで、何か割れ目のお肉の膨らみ、つまり大陰唇と膣をショートパンツのときに見て確認されているような恥ずかしさを感じた。

「ああっ、そ、そこぉ──」

敏感な部分に指が当たってくる。触らないでと訴えたかった。クリトリスを剝き出しの状態で直《じか》に捉えられていたのだ。

ピクン、ピクッと生白い股間が痙攣して、少女の細い美脚をバタバタさせた。

（あぁ、感じるっ、感じたのバレたら、恥ずかしいっ……）

無理やりなのに、シャワーオナニーでも激しく感じたその肉の突起のせいで、男のスケベな目論見《もくろみ》どおりに声をあげさせられたり、恥ずかしい愛液を漏らしてしまったりする。それがひたすら恐い。

しかし肉芽から幼穴までうじうじと指先でなぞられ、穴に入りかけるうち、キュッ、キュッとお肉の括約筋が収縮運動を開始した。

グチュッと音を立てて膣口が窄《すぼ》まった。

「あはぅっ」

愛液が溢れた。それを自分の膣と小陰唇の襞で感じた。

ショーツをいじっていた悠真がキャミソールの胸に手を伸ばしてきた。薄い生地の表面に小ぶりの乳房の形が浮いている。先っぽの尖りを指でプッシュされた。

「やぁン、そこ、やだぁぁ」

下半身裸で上半身はまだキャミソールを着ているという、ちょっと変則的なエロな姿だが、恥裂がヌルヌルしているとき、乳首を刺激されてふだんよりずっとその蕾の性感帯に響いてしまった。

「尖ってる」

悠真はそう言って、指で押して凹ませ、ぐるぐる小さな円を描いて乳首を揉んできた。そのあと膨らんできたばかりの乳房を指三本でつまんでゆっくり味わうように揉んだ。

乳房乳首の快感がクリ豆と幼膣の快感と合わさり、二穴の括約筋がまたギュギュッと痙攣的に締まって、愛液がジワリと滲み出してきた。

「ピンク色が、す、すごい……ぬるぬる、ぐちゅぐちゅ……」

美咲の恥裂をいじる蒼太はもう口を開けて涎を垂らしそうな顔になっている。左手の指でV字に恥裂をくつろげておいて、肉芽をこちょこちょくすぐるように摩擦してくる。

「あぁあああっ……しないでっ、あぁン、はぁあン！」

感じるっ、あぁ、涙が出るぅ……美咲は瞳が潤みっぱなしで、瞬きすると仰向けのため涙が横に伝って流れ、耳に入りかけた。

キャミソールがたくし上げられて、悠真に左右の乳房とも手のひらで押さえられて撫でられた。

乳首が手の下で転がされている。また快感が膣口に響いて蠢いた。

「アアアッ――」

美咲は次の瞬間、畳につけていた頭を上げて自分の下腹部を涙目で見た。

蒼太が顔を股間に被せてきたのだ。

小さなピンクの膣口を、舌先で上下にこちょこちょくすぐるように舐められた。

美咲は快感とショックで身体を強くひねった。横向きになると、さすがに二人とも手を引っ込めた。

二人から尻込みして横座りに逃れた。我に返って急に羞恥心に駆られ、顔が紅潮するのが自分でもわかった。

悠真はパンティを自分の足元に置いていた。美咲はさっと手を伸ばして拾うと、足が引っかかって慌てながらも何とか穿いた。

そのときも、二人に裸の股間を見られた。

美咲は家に帰ってからも興奮が収まらなかった。

恐れていたことが起こってしまった。ただ自分も何かされそうな気配を感じていながら悠真の家に行ったことは事実だった。

自分からスカートを捲って見せてしまう女の子は、あんなふうに男の子たちをエスカレートさせる。ただあそこまでされるとは思わなかった。

(大事なところを舐めるなんてだめぇ!)

それは強く拒んだ。でも、乳首も勃って「ペニス挿入」の膣の穴が愛液で濡れてしまった。

悠真の兄が行きすぎなければ、されるままになって、最後はイカされたかもしれない。

帰るとき、悠真は「ごめん」とひと言だけだが謝った。

「誰にも言わないほうがいいよ。恥ずかしいから」

兄の蒼太は卑怯な言い方をした。

兄弟の態度はいい加減でずるくて腹立たしい。でも、今さら二人を責めても始まらないのかもしれない。

今日は親が家を空けて美咲一人だった。美咲は二階の自分の部屋にいたが、胡乱《うろん》な眼をして階段を下りていった。

居間にあるガラス棚の引き出しを開けて、中にある按摩器のバイブレーターを出した。

コードをコンセントに差して、長椅子のソファに座り、バイブレーターのスイッチを入れた。

ゴロッとした大きいヘッドがブーンと鈍い大きな音を立てて、激しく振動しはじめた。

「あっ、ああっ」

キャミソールの上から乳首にそっと当てた。ピクンと感じて「あっ」と声が出る。

さらに、すそから中へ入れて、乳首に直に当てた。

「はう、あぁン、痛い感じ……でも、感じるぅ」

しばらく左右の乳首に交互にバイブレーターを当ててみた。

乳首がキュンと感じるだけでなく、やっぱり快感が下に響いた。

（あぁ、割れ目が開いてく……）

襞びらの間から膣粘膜へムズムズ感が襲って、幼膣の肉穴が蠢《うごめ》き出した。

「し、締まるっ」

その感覚は何度も経験していた。快感で括約筋がギュッ、ギュッと収縮しているが、それが男のペニスを締めて精液を出させるためだと知っている。

シャワーにせよバイブレーターにせよ、女の子の身体を感じさせて愛液を出させる道具があるなら、この先どんないやらしい玩具と出会うかわからない。それを大人の男に使われて感じさせられ、悶えていく……。あぁ、恥ずかしい声をあげてイカされてしまうわ。

そんな思いで、もうバイブレーターは恥裂に当てていた。

「あぁあン、あひ、ひぃぃーっ！」

まだパンティの上からだが、バイブを恥裂に当てつづけた。

クリトリスと膣両方を圧迫して、ビンビン響かせた。

「あぁーう、今、ジュッと出たわ」

愛液が溢れた。股布がたっぷり汁を吸ったと思った。

(バイブに、あ、愛液がついちゃう)

美咲はバイブレーターによる強い快感で愛液が多量に出そうな気配を感じた。

それでもスイッチで振動を強にした。

「あぁあああーん!」

じわっと快感が煮詰まってきて、すぐにイッてしまいそうになった。美咲はバイブのヘッドを故意に下へずらして肉芽の快感を避けた。しかも押しつけて圧迫したりせずに表面的に接触させるだけにしておいた。だが快感はさざ波のように性器全体に広がっていく。

バイブを股間からさっと離した。

(あぅ、も、もう、直に……)

最後の詰めはクリトリスに直接押し当ててイキたかった。

ちょっと焦って片手でショーツのゴムに指を引っかけて太腿まで下ろした。脚は開いているので股間にバイブを入れることができた。ショーツは脚から抜かずにそのままにして、クリトリスにゆっくりバイブのヘッドを近づけていく。

「アアアッ」

ブーンと唸りをあげる丸い大きなヘッドが接触して、ピクンときつい刺激になってクリトリス神経を貫通した。

振動が強だと刺激が強すぎた。弱にしてまた恐るおそる肉芽にくっつけた。

「ああっ、あぅあああっ！」

やっぱり刺激が強くて少し痛いが、ツンツンと当たって鋭い快感になった。ゆっくり押しつけて圧迫すると、肉芽と膣がブルブルッと激しく振動した。

（あぅ……深くて、じわりと来るぅ）

快感がたまらない。美咲はその状態を持続させた。

（あはぁっ、ク、クリトリスがっ……）

快感が急速に昂《たかぶ》って、一瞬で脳天まで駆け上った。

「ヒィッ、イクゥ……あぐ、イクーッ、イクゥッ、イクゥゥゥーッ！」

美咲はあっという間に絶頂に達した。

大人のようなイキ声を口からほとばしらせて、ソファにお尻と背中を押しつけ、のけ反って果てた。

第三章　塾講師の卑猥な指戯

美咲は悠真とその兄との間の卑猥な関係で興奮もし、また傷つきもした。ただ、そのことで勉強がおろそかになるということはなかった。

（感じちゃって、アソコがヌラヌラ。でも、わたし、エッチなことと勉強とは全然別だもん……）

快感はそのときだけだわ。股を開いたり、まーるいお尻をちょっと振るの。でも自分の夢を実現するための勉強はずーっと続く大切なもの――。美咲は割りきるように自分に言い聞かせている。

好きな男の子に自ら下着を披露した。心にトキメキを感じ、花芯にキュンと切ない快感が訪れた。

悠真の兄には傷つけられたが、そんなときだって快感が強く、愛液が熱く溢れた。

いやぁ、あの人、弟の悠真君よりどスケベ。ずっと年上だから、やっぱりいじめるあくどさ、いやらしさが違うわ。

でもぉ、か、感じて、女の子の部分がぁ……。

美咲は家に帰ってからも、心の中で卑猥感、猥褻感の興奮が昂《たかぶ》っていき、自虐的な大股開きのオナニーで小さな手が活躍した。

無毛のスベスベの少女秘部は愛液まみれになった。意識して身をくねらせ、たわませて、オマ×コの快感をスパークさせた。

イクイクと恥ずかしいイキ声をあげて果てた。

美咲はその後も学校では、ドキドキしながら好きな男の子の悠真の前でスカートを捲った。

お尻や割れ目に触らせたりしただけでなく、教室の机の上に寝て開脚した。バレエで鍛えた柔らかい股関節を利用して百八十度以上に開き、悠真を驚かせた。

悠真もズボンの上からおチ×ポを触らせてくれるようになった。ピンとエレクトしたが、その勃起のサイズから、ひょっとするとそれほど痛くなく挿入できるのではないかとふと思ったりもした。

二人が仲がいいことはクラスで知られている。でも他のカップルもいたりするし、悠真が人気抜群で発言力があるので、美咲は守られてもいて特に冷やかされたりしなかった。もちろん恥ずかしい行為は誰にも知られていない。

ただ美咲は×学生どうしだと興奮がもうひとつのところだった。あぁ、やっぱり大人の男の人にいやらしい目に遭わされないと……。

悠真のおチ×ポがぴょこんと立って、自分も割れ目が柔らかく熱くなって愛液が出ても、どこか物足りなかった。

美咲は今日、学校へは普通のニーソックスを穿いていったが、下校して家に帰ってくると、夏にまず穿かない黒いストッキングに穿き替えた。

眼がとろんとして胡乱《うろん》な眼差しになっている。

これから塾に行く。

最近の塾のテストではクラス内で六番だった。親が才川から聞いていて、三番以内に入れ、でないと有名大学の前にこれからの受験でもいいところは難しいと言われた。はっきりした根拠はないが、自分でも六番は低いと思った。

何をしようと美咲の気持ちの中で卑猥なことは勉強に影響しなかった。美咲はスカートもかなり短いものに替えた。ストッキングはストレッチ部が太腿にピタッと貼りついて、超ミニなので「絶対領域」が見えていた。

×学生でこういうのはあまり穿かないわ。誘惑的だと思う……。

自分でも思うのは、これまでのことがストレスや悩みからの結果ではなく、自然に女の欲求で起こったということだった。

（あぁ、わたし、何も無理してない。わたしなりに普通にしてる。自然だからこれでいい……）

子供どうしで十分には満足できない美咲の心の中には、塾の教師である才川の存在があった。

大人のじっと見てくる粘っこいいやらしい視線……。才川に見つめられると、自分の身体を男に触られる女体として意識してしまう。

美咲は塾へは超ミニのスカートを穿いていった。

椅子に座っているときでも、ちょっと脚を開き気味にするだけでショーツが覗けそうだった。今日もだが、前からときどき才川の視線を脚の間に感じていた。

すそにやや大きなフリルが付いた水玉模様のショーツを穿いている。黒ストッキングとはまったく合わないショーツである。わかっているが、そういうことにはまだ無頓着だった。

（スカートの中を覗かれたら……あぁ、かなり目立っちゃうわ）

水玉は幼い感じで、すそにフリルが付いてるが、それも大人っぽくはない。今の美咲にとってはかえって可愛すぎる感じもした。ダサい女児用ではないのでいちおう気に入っている。才川に覗かれて見られてもいいと思って穿いてきたのだ。

実際一瞬だけだが、脚をしっかり閉じていない状態にしていると、スカートの中をチラッと覗かれた。

美咲は塾の授業が終わったあと、周りに疑われないよう、ふらふらせずに平静を装って才川に近づいた。

そばを通って身体が接触するようにした。上手《じょうず》に乳房のプクッと膨らんだ先っぽを当てていこうとした。

もうほかの子たちはいない。学校での悠真とのときと状況が似てきた。

「松島さん、相変わらず可愛いね」

そう言われて、何と言って返したらいいかわからなかった。大きな黒目勝ちの瞳をキラキラさせている。

「今日はハイソックスじゃないんだ。黒はセクシーだけど、先生は美咲ちゃんがときどき穿いてくる膝のちょっと上から腿の真ん中くらいまでの可愛いのが好きだなあ」

才川の言い方でけっこうよく見ているんだなと美咲は思った。黒ストッキングがセクシーって言うのは想像どおりだったが、自分も好きなニーハイソックスを先生も好きなんだとわかって嬉しくなった。

「今度から、先生の授業がある日はニーソックスを穿いてきます」

「ははは、いや、無理にそうしなくていいよ。うーむ、美咲ちゃんは身体の線がね、こう、滑らかにととのってて……お尻がゴム毬みたいにまん丸いね」

才川に手で身体の曲線をなぞるような仕草をされながら、そう言われた。

美咲はハッとして才川を上目で見たまま動かないでいる。お互いちょっと沈黙してしまった。

すっと才川の手が伸びてきた。

「えっ」

美咲はお尻をひと撫でされた。

美咲が自分の身体の部分で、最も男から興味を持たれていると思うのが、その丸くて厚い肉がついたお尻だった。

「おぉ、柔らかい」

お尻に触って、あけすけにその感想を言ってくる。

「やぁン」

美咲はちょっと声を漏らしただけで、まだ動かなかった。じっとしていることもそうだが、眼で才川に触ってもいいとシグナルを送っていた。

また手が伸びてきて、美咲は触られるのをドキドキしながら待った。

今度は超ミニの短いすそを難なく越えて、ぐっと深い尻溝に指を入れてきた。

その尻の割れ目を数往復じっくりと撫でられた。

「いやぁーん、あ、あうあぁぁ……」

嫌がる悲鳴ではなく、快感の喘ぎに近い音色の声を口から奏でた。

悠真の兄にイタズラされていなかったら、まだ才川の行為も過剰に反応して拒否したかもしれない。美咲は悠真やその兄の行為は才川に対して身をゆだねる準備だったような気もしてきた。

感じるお尻の割れ目へのタッチは、形の上では拒んで腰をひねって交わしたが、本音では興奮しながら快感を味わった。

「美咲ちゃんはスレンダーボディだけど、下半身がムッチリというか、お尻が丸々とお肉がついててエロいねえ」

ゆっくりそう言ってきたが、声がちょっと緊張しているように聞こえた。

でも、エッチな雰囲気をつくって言っている感じがして、才川のそんなところが思ったとおりの好色な、そしてちょっと陰湿な性格に思えた。もちろん美咲はその才川にぐんぐん惹かれていっている。

さらに手はお尻をまさぐってくる。ショーツのすそゴムが尻たぶの外縁に食い込んで、その辺りがプクリと膨らんでいる。すそゴムが尻たぶの大きなW字を描いていた。指先でスーッとそのW字に従って二往復撫でられた。さらに指三本揃えた指の腹でスリスリと膨らんだところを何度も撫でられた。

「あぅ、せ、先生ぇ……」

特に何を言うわけでもない。斜め後ろに立ってお尻を触ってくる才川を振り返って、お尻で才川の指を感じている。

お尻から手が離れると、今度はウエストを撫でられた。

「子供の丸胴じゃないんだなあ、くびれてるよ」

Tシャツの上からだが、エッチな雰囲気が影響してか、お尻と変わらないくらい敏感に感じて鳥肌が立った。

身体をくねらせて触られる快感を噛みしめていると、邪《よこしま》な手が胸まで伸びてきた。

「ああっ」

乳首の尖りを指ですっと撫でられた。美咲はピクンと感じて肩を震わせた。

小さな乳房だが、そっと握られた。

「あぁ、お乳のところ、恥ずかしいっ」

小さな膨らみが少し変形すると、気持ちとして羞恥心を刺激された。

才川は悪気を起こしたのか、美咲の乳房は指でギュッとつままれた。

「痛ぁい」

痛がると才川はすぐ手を離した。つままれた乳房は特に乳首がキュンと感じてしまった。そんなに強い快感ではないが、状況から緊張と羞恥でドキドキ感が半端ではなく、乳首の快感が下半身まで響いた。

美咲は大人の才川には抵抗できない気がするし、子供どうしの関係の悠真に比べて、まかせて言いなりになってもいいと思える一種の安心感を持った。

バレエ教室の太田《おおた》でも才川でも、美咲は背が高い大人から見下ろされるかたちになる。才川の顔は見上げるしかないが、そんな関係からも気持ちとして自然に従ってしまいやすくなる。

「少女のお尻はこう、グッと上がっていないといけないね」

またお尻に手が伸びてきた。

「美咲ちゃんのお尻は、むふふ、いいよぉ。ほらっ」

手のひらがお尻の双丘を覆った。

「あぁ、先生ぇ、人が来るわ」

「大丈夫、これで授業終わりだろ」

お尻から身体全体を撫で回されていく。

「子供だからもちろん身体はまだ小さいし、細っこいけれど、ウエストからヒップ、脚のラインができ上がってるじゃないか」

美咲は子供らしい丸胴、ずん胴ではなく、プロポーションが大人のS字カーブに近い曲線美を魅せている。

才川が下腹に手を伸ばしてきたので半歩後ろに下がったが、Tシャツを捲られて、出てきた平たいお腹を撫でられた。

「スベスベだねえ。おへそがまた形がいい。ほら、コチョコチョ、ぐふふ」

美咲はおへそを指先でくすぐられ、穴をほじられて、いやぁと呟《つぶや》くように言って身体を少しだけひねった。

「ほら、嫌がらなくていいじゃない。気持ちいいだろう?」

嫌がると言われたが、美咲はそれほど嫌ではなかった。おへそも指を入れられて、どこかうっとりするような快感があった。

美咲は基本的には大人は好きではない。もともと才川にも警戒心を持っていたが、少女として隙を見せてもいいような、仲よくなりたい願望もあった。

スケベで、たぶん少女が好き。わたしみたいな齢《とし》の女の子に触るのが趣味なんだと、以前から疑っていたが、今日でそれがはっきりした。

大人が悠真みたいに平等な立場で好きになるなんてことはない。自分から身体をくっつけて誘惑していながら、美咲は卑猥なイタズラをしてくる才川に興奮もするし、嫌悪もした。

またお尻を撫で上げられた。

「ああっ……」

お尻で感じた手の大きさで大人を感じる。才川の顔を見上げると、美咲の恥ずかしい願望を見抜いている眼をしていた。

「こうしてほしかったんだろ？」

言われて、ドキリとする。美咲はそれを期待していることを知られたくなかったが、もうある程度恥ずかしい願望を悟られていることはわかっている。

結局、美咲は無言で頷《うなず》いた。

才川に対しては、学校でエッチなことをするようになるずっと以前から、触られたい願望を持っていた。

美咲は帰る前に携帯の電話番号を訊《き》かれた。少し躊躇《ちゅうちょ》したが、学校に行っている時間帯はかけない約束をして番号を教えた。

塾教師の才川との関係が今日でまったく別の関係になったような気がする。ほぼ全身をいじられまくった。これからも同じようなことが自分の身に起こるだろう。危険な面を持つ大人に自分から挑発すると、あっという間に深みにはまっていく。その異常な体験をすることになった。

帰りに駅へ行く途中にある公園にふらりと入った。

今日は塾が終わるのが遅い時間だったのでもう夜になっていて、公園の中は人の姿のない水銀灯に照らされただけの薄暗い寂しい雰囲気だった。

美咲はブランコにちょっと乗ってみようと思った。座る板が汚れていたので脚で立って乗った。

ロープを手で持って少しだけ揺らしてみた。

夜に×学生一人でブランコに乗っているのは不自然に見えるだろう。人にジロジロ見られたらすぐ公園を出るつもりだった。

ブランコはだんだん大きく揺れてきた。

と、公園に男の人が入ってきた。通り抜けしようとしているらしい。美咲のほうを見ながらスタスタ歩いていく。

超ミニだったせいか、視線が少し開いた脚に向けられている。美咲はもう少しブランコを漕いでいようと思った。

その人と眼が合ったが、視線をそらさなかったので、悠真にスカートを捲って見せたときより恥ずかしいだけではなくて危険なものを感じた。

だが、美咲はゆっくりブランコの上でしゃがんだ。

（あぁ、ちょっとだけなら……）

自分でもなぜかわからなかったが、ただ今だけの気持ちとしてパンティ丸見えの格好を人に見られてもいいと思った。

美咲はほとんどM字開脚の格好になった。その男性は股間を見ながら歩いていく。超ミニスカートだから、ショーツが丸見えになっているはずだ。

男性が立ち止まった。股間を見られている。

美咲は刹那の露出の快感に浸ったが、さすがにハッとなってブランコから下りた。そしてさっさと公園から出て、足早に駅に向かった。

家に帰った美咲は食事をして風呂に入り、パジャマに着替えて二階の自分の部屋にいた。

今日は学校の宿題がなかったので、読みかけの本のページを捲ってつらつら読んでいる。

才川にお尻や胸を触られた。オッパイはつままれたり揉まれたりして多少痛かったが、羞恥と快感で舞い上がった。そのうちもっと危険なところにも手が伸びてくるはず。それも近いうち起こるような気がしてきた。

公園だってちょっと危なかったかもしれない。でも、美咲が好むマゾっぽい興奮を味わった。

ブランコのそばには雲梯《うんてい》があった。それにぶら下がって脚なんか上げたら、超ミニなんてパンティが丸ごと露出して大いに目立ったに違いない。

(あぅ、いつかやってしまいそう……)

美咲は自虐的な萌えを感じていた。

電話番号を教えたからそのうち電話がかかってくるはずだと思って待っていた。自分の部屋だが、親が入ってくることもあるので着信音を小さくして待った。

才川は今日電話をするとは言っていなかったが、きっとかけてくるはずだと美咲は本を読みながら待っていた。

しばらくすると、果たして電話がかかってきた。

「今日は楽しかったよ。ふふふ、教室だから、ちょっとドキドキしたけどね……」

才川はどこか笑い混じりに言ってくる。本当に楽しそうでちょっと憎いような気にもなる。

「あぁ、先生がドキドキって、ドキドキはわたしのほうですぅ」

「そうだね。ごめんごめん。でもこれからだって、何だか止まらなくなりそうだよ……」

「止まらなくって、何が止まらないのぉ？」

美咲は才川が話す途中で、言おうとしていることはわかったが、言葉を被せて訊いた。

「いや、それでね、美咲ちゃんはけっこうセクシーなものを身に着けてくるけれど、むふふ、次から塾には穿いてくるスカートと同じ色の下着を穿いててほしいんだよ」

「えっ、何ですか？」

一瞬言っていることが理解できなかった。

美咲は才川にもう一度同じことを言われた。要求されていることはわかったが、そんなことをすると、スカートを見ただけでパンティの色がわかってしまう。想像するとちょっと萌えてきた。

「スカートと同じ色のパンツがないときは、授業中に先生のほうを見て、口パクでパンツの色を教えるんだ」

「えーっ、そんなことさせるのぉ？　先生ぇ、エッチ」

考えただけで恥ずかしい。でもやってしまいそうな気がした。

美咲は大人が子供にイタズラすることを知っていた。恐いが、悠真とかその兄の蒼太より、大人にされるほうがずっと興奮しそうだ。美咲は少女として淫らに成熟しはじめていた。

美咲は大人の女とは異なる興奮度が高いタブー性のエロを身に帯びている。

才川は故意に羞恥させるような言い方、やり方をしてくる。これまではガリ勉タイプに見えていたが、まったく別の人格に思えてきた。

美咲は才川の次の授業のとき、赤いスカートを穿いていった。ショーツの色も赤。

才川からは脚を開いて下着を見せるようにとは命じられていないのに、脚をやや広く開いた。

スカートと下着の色を合わせるなんてことはこれまで考えたことがなかった。でも、それをやっていて恥ずかしいけれど楽しくて、気づいてみると大人の考えるエッチな遊びにはまっている自分がいた。

その次の授業では白のスカートを穿いていた。口パクはしていない。スカートと同じ白いショーツだった。

そして週が改まって、才川の授業の日になった。

今日穿いてきたのはベージュのデニムミニだった。

美咲は才川の顔を見て、

「み、ず、い、ろ……」

口パクで告げた。ほかの子に気づかれないように、口はそんなに大きく開けなかった。

言ってしまって、気持ちが高揚してくる。

美咲は周りに気づかれないように、そっと脚を開いた。

才川の視線をスカートの中に感じる。覗けていたのはライトブルーのナイロンショーツだった。ほぼ水色に近い爽やかな色合いのパンティで、美咲が特に気に入っている一枚だった。

（あぁ、今、見られてるぅ）

椅子の硬い座面で圧迫された幼膣の奥で、ジュッと分泌が起こった。
そのすぐあと、美咲は化繊の薄い生地に愛液が滲むのを感じた。

第四章　全裸バレエ快感指導

数日経って、美咲は放課後になると、またM的に萌えてきて悠真の前で穿いている吊りバンドの超ミニスカートを捲った。

もし無地の濃紺襞スカートなら、幼稚園の制服のように見えるかもしれない。グリーンに白の格子縞のちょっと目立つ色のミニだった。

「こないだ裸にしたわ。お兄さんといっしょにだけど、もうあんなことは嫌よ。女の子の大事なところにエッチなことといっぱいしたもん……」

美咲がそう言うと、悠真はちょっと言われたくないような顔をして「うん」とだけ言った。あまり触れられたくないような態度で反省していないとわかって、美咲は腹立たしさを覚えた。

悠真に披露したショーツはセミビキニで、シンプルな白のコットンだが、すそゴムに細かいフリルが無数について、今どきやや珍しいパンティだった。

　上は薄いピンク色の半袖のシャツを着ている。

「後ろ向いて」

　ケロッとして求めてくるので、嫌な気にもなるが、見せるだけならいいと、美咲は素直にくるりと後ろを向いて、丸いお尻を悠真に向けた。

　後ろで悠真が何かしそうで気になった。

　振り返ると、もう手がパンティに伸びてきていた。

　あっと声をあげたときはもう、腰のところのゴムを指で引っかけられていた。

　興奮した悠真にパンティをさっと下ろされてしまった。

「いやぁ、脱がすのだめぇ！」

　お尻を出させるなんて拒否したい。すでに彼の兄といっしょにパンティを脱がされて、恥裂をいじられているが、やはり同じ年齢の子にはかえって恥ずかしさを感じて嫌だった。

　やっぱり男の子はどんなにカッコよくても、エスカレートして何をするかわからない面がある。美咲とて、もともとそれはよくわかっているつもりだった。

「えへへ」

と、いい加減な感じで照れ笑いのようにしてにやけている。そんな悠真なんて嫌いになりそうだった。

美咲が嫌がるとそれ以上はやらないので、まだ兄の蒼太などよりはましだが、いちおう悪さする手をピシャリと叩いておいた。

そんなに本気で怒るわけではないから、悠真は笑みさえ顔に浮かべている。

「オッパイをちょっとだけ」

そう言って、美咲が怒ったばかりなのに、ポコッと小さく膨らんだ乳房を触ってきた。

「あぁン、もう、男の子ってしょうがないのね」

しばらく片方の乳房をちょいちょいと、上から下へと指で撫で下ろされた。

もう片方の乳房をいじられはじめたところで「そこまでよ」と悠真の手を押しのけた。

まだ当分の間、悠真とはエッチな関係が続きそうだった。ただ徐々に慣れてくるような味気なさを感じるようになっている。そのこと自体ちょっと恐い気もしている。

美咲は廊下を覗いてみて、誰も見ていないことを確認して、悠真といっしょに教室を出た。

「じゃあ」

と言って、悠真は美咲を残して廊下を走っていった。タタタと階段を降りる足音が聞こえた。

二人でいっしょにいると、やはり疑われると悠真は思っている。それは仕方がないというのが美咲の考えでもあった。

美咲は紫のランドセルを背負って学校から外へ出た。今年学年が上がる少し前、古くなった赤いランドセルから紫の新しいものに買い替えた。紫は流行《はや》りの色だった。

美咲はこれまでの恥ずかしいこと、卑猥な行為をされたことを脳裏に巡らしながら家路を急いでいた。

ほんのときどき親から帰ってくるのが遅いと言われることもあった。それほど疑われている感じではないので大丈夫だと思っているが、やっぱり用心しないといけない。勉強ができるほうで、頑張っているからいちおう認めてくれているようだった。

「松島さん」

ぼーっとして歩いていると、急に自分の名前を呼ぶ声がした。

ビクッとして、声のしたほうを見ると、バレエ教室の大学生の太田《おおた》浩一《こういち》だった。学校帰りにばったり会って声をかけられるとは思っていなかった。

「残念だね、脚なんか綺麗なのに。バレエに向いた身体だよ」

バレエ教室を突然やめて、彼は驚いたようだった。細身で一見女性的だが、すごく大人に見える。

もともと年長者として指導もしていて、脚を摑まれ、アチチュードというポーズで高く上げさせられた。指導は口実だったようで、そのとき股間に指を這わされた。

「僕の家はすぐそこなんだ。ちょっと来ない？」

「えっ……」

誘われて、美咲は俄《にわ》かに不安を感じた。一種の女の勘で邪《よこしま》な下心がありそうに思えたが、バレエ教室の男性バレリーナの中で一番のイケメンで、タイプではないがバレエのレベルが高くて尊敬もしていた。

「学校から帰る途中だから、ちょとだけですけど……」

悠真と兄の蒼太の兄弟とのことで頭の中がもやもやしていた美咲は、親に疑われることが脳裏をよぎったが、つい誘いに乗ってしまった。

大人の男と二人で歩いていると人の目が気になったが、クラスのお友だちには会わなかったので、それほど気にしないで太田についていった。

彼の自宅マンションはまもなく見えてきた。

ちょっとドキドキする。やっぱり知っている人に見られていないかキョロキョロしてから建物の中に入った。

大学生らしくワンルームで、男の部屋にしてはよく片付いていて綺麗だった。賞状が三つも額縁に入れて壁に飾られていた。

美咲が黙って見ていると、

「コンクールのね。まあ大した賞じゃないけど」

「いえ、すごいです。わたし賞状なんてないです」

美咲は賞状を見て、一瞬バレエ教室をやめたことを後悔した。

「美咲ちゃん、続けてたらこれくらいのもの絶対取れるよ。たとえば先月の××バレエ学校主催のとか」

「えーっ、難しいです」

「いやいや、可愛いから……」

社交辞令で言ってくれているが、ひょっとするとできるかもと、ふと言いそうになった。

「アップした髪型も可愛いけれど、今の美咲ちゃんも可愛い、というか、ちょっと大人っぽくてセクシーかな？」

肩まであるゆるふわボブの黒髪は、バレエ教室でのアップした髪型とは違っていて、自然で自分でもその髪型が一番綺麗に見えると思っている。

いずれにしろ、美咲は褒められてはにかんでしまう。

何となく嬉しくなっていると、前髪が眉にかかっているのを「人形のよう」と言って、指でちょっと髪をのけられた。

「でも、何といっても脚が綺麗だよ。×学生なのに大人っぽいんだね」

手が伸びてきて、綺麗だと言われた脚をさすってくる。

「あぅ……」

やっぱり下心ありだったんだと、わずかに狼狽《うろた》えた。

「可愛い系というより、美人タイプかな」

可愛いとよく言われるが、美人タイプという言い方はピンと来なかった。それにしてもバレエ教室で指導もする大学生が口にする言葉とは思えなかった。

ただ、ずっと小さいころだが、髪を長くしていたとき、将来美人になると言われたことは覚えている。

可愛いと言われているが、三年前の葉っぱを千切って頭に乗せて笑っている写真などを見ると、単なる幼児で色気はまったくない。最近大人にもじっくり見られたり、悪くすると痴漢されたりするが、当時はそんな熱い眼差しや邪悪な手が伸びてくるようなことはなかった。

少し沈黙が流れたので、気まずくなる前にと思ってなのか、椅子に座らせてくれた。まだお互いちょっと黙っていた。

チェリーピンクの縞々のニーソックスが張りついた脚を揃えて曲げている。ごく薄い地肌が透けるソックスはセクシーだった。美咲は脚が綺麗に見える格好だと知っているのでそうしていた。ポーズをつくっているというほどでもないが、表情に少し笑いが浮かんだ太田がまた「この脚がね」と、ニーソックスのストレッチ部のあたりを触ってきた。

「そんなに脚が長いわけじゃないけれど、バレエをやるうえで様になるくらいの長さと細さで、細すぎずまっすぐで綺麗なんだ」

「あぅ……脚が、す、好きなんですか？」

基本的にスラリとした美咲の脚は、特にニーソックスの絶対領域が少女美を魅せている。

「教室やめたのは勉強のためだってね。まあ仕方ないのかもしれないけれど……。でも、やっぱり女の子は可愛くなきゃね」

「はい、女の子だもん。勉強ができるって言われるより可愛い、綺麗と言われるほうがずっと嬉しい。誰だってそうです」

「教室には手足がスラッと長いモデルみたいな子もいるけれど、君のほうがずっといい」

太田に促《うなが》されて、美咲が椅子から立つと、また邪《よこしま》な手が脚に伸びてきた。脚を指先でスーッとなぞるように撫で上げられた。

「やぁン」

美咲は触られても、小さく声を出しただけで拒むことはしなかった。少々触られるくらいなら認めようと思っている。それはもう太田にも伝わっているように思えた。

「このポチャッとした脚の表面の肌のスベスベ感がいい。柔らかいよ」

触られて快感から身体を傾け、背を少し反らせた。ゾクッとしてしまう。

太田を見ていて、やっぱり大学生だからわたしのような×学生の小さな身体って、触るとすごく興奮できるんじゃないかと勘ぐった。

ウエストも横からじっと見られて、そこも触られると思った。

ウエストは手でそっと摑まれた。摑んでおいて太腿を撫でさすられた。

「たぶんここらへんをネットリ舐めると、効くと思うよ」

「あ、あン、な、何に効くのぉ？」

感じるという意味だとわかる。でも、わからないふりをした。

太田はちょっとニヤリとして、太腿をまた指で撫でてきた。

美咲は脚のつけ根まで撫で上げられた。そこはもう一番の危険地帯だった。

ああ、でも何だか恐い。大人はやっぱり力が強いからどんなことをされるのかわからない。

「ちょっとバレエのポーズ取ってみようか」

「は、はい……」

バレエの先輩だから、身体をすごく変なかたちに持っていかれる気がする。とんでもないポーズ取らされたり。脚をぐいぐい大きく開かされたり。

たぶん大人の女の人にやるのとは全然違うやり方で、力の差を利用してすごく恐いことするはず。手足をどんなふうに扱うのか、すごく極端なポーズを取らされるような気がする。

美咲は右脚を伸ばしてつま先で立った。左足甲のつけ根あたりを手で摑まれて、左足をぐっと上げて後方に伸ばした。

「ほんとに、様になるね」

「わたし、そんなに上手《うま》くないけど」

「いや、どうして、どうして。セクシーだから」

太田はちょっと手を伸ばして、触る権利が当然あるかのように水平に上がった太腿を下からそっと支える格好になった。

太腿のちょっと内腿の側にも指が触れて、軽く性感帯を刺激された。

「あぅ」

ほんのわずかに声が漏れた。

さらに太田に手で促されて太腿を上げていくと、股間のクロッチがピンと張って平たくなったため、その表面は大陰唇の膨らみもわからなくなった。

「じゃ、もっと脚を開いて」

開脚するとパンティのすそが浮いて少女の「具」が少し覗けた。それは綺麗な肌色の瑞々《みずみず》しいお肉だった。

「アアアッ」

美咲は鋭く声をあげた。その平たいクロッチの表面を指三本の腹がスーッと撫でていったからだった。

美咲は体勢を崩してバタッと床に脚を下した。学生のほうを向いて睨むほどではないが上目遣いに見た。

太田が無表情で一歩近づいてきた。ちょっと真顔だった。何やら男として女を口説こうとするような、壁ドンするような雰囲気を見せている。

「あ、あぁ……な、何んですかぁ……」

美咲は太田の顔を見たまま、身体が固まっている。

「さあ、服を脱いで」

「えっ、ど、どうして、ですかぁ？」

「僕が見たいから。美咲ちゃんの裸を見てみたい」

「うあぁ」

眼を見て言われた。正面から迫られたので、心にキュンと来てしまった。何か抵抗できない気持ちになってきた。特に好きでもなかった人なのに、正直に求められて拒めなくなった。

「う、上だけなら……」

美咲は吊りバンドを肩から外し、震える指先でシャツのボタンを外して上を脱いだ。ジュニアスリップの姿になって、また上目遣いに太田を見た。太田は黙って頷《うなず》いている。

「スリップも脱いで。上は裸になって」

「は、裸ぁ？」

脱ぐ順序ならスカートが先だと思うが、太田は急いでいるのか、上半身裸を求めてきた。

美咲は頭がくらくらして、まだ訳がわからないままジュニアスリップを脱いだ。もう乳房が露出している。

「じゃあ、その緑色の綺麗な縞が入ったスカートも……」

結局スカートも脱げと言われて、美咲は大人がするように片手で乳房を隠しつつ、超ミニも片手でホックを外してファスナーを下ろした。

とうとうパンティ一枚の裸になった。両手で乳房を隠して羞恥している。

美咲はたいていピッタリフィットするショーツを穿いている。エッチだと言われそうなビキニも多いが、ぶかぶかする女児パンツはかえって危ない。股ぐりの隙間から性器が見えてしまうこともある。今日は白のセミビキニで、細かいフリル付きのコットンショーツだった。

「最後の一枚も思いきって脱いでみよう」

「えっ……」

さすがにパンティは脱げないでいる。

太田が近寄ってきて前にしゃがみ、美咲の前を指差した。

「このポコッと盛り上がったところから、割れ目が細長く大陰唇までつながってる」

太田に顔を見られて言われた。

立ち上がって、耳元に口を寄せてきた。

「ここから、ぴちゅぴちゅ……」

手で前を触られて、愛液のことなのか妙な音を囁《ささや》かれた。

美咲は恥じらって顔を赤くしたが、その表情を眼を細めて見られた。そういうやり方はさすがに抵抗があった。

「うーむ、腰つきが悩ましい」

太田はそう言って、美咲の甘い腰骨を手で摑んで撫でてきた。

美咲は腰骨なんて気になったことはないが、そう言われて触られたりすると、なぜかゾクッと感じてくる。

「骨盤が発達した具合がまだ少女なのに大人を感じるなあ。ムッチリと肉がついてる。尻の丸みが可愛くていやらしい」

美咲は少女モデルのようなスレンダーな身体の線ではないが、胴体と手足のバランスがよく、特にウエストが大人っぽくくびれている。

「ここに上がってごらん」

太田に窓際のちょっと高い台を指差されて言われた。置物が取り除かれて、その一人乗れるくらいの幅の狭い場所に上がった。

自分の身体が太田の眼の高さに少しだけ近くなった。お尻や股間を近い距離から見られることになる。横座りの格好になった。

「こっちの脚、上げてぇ」

「は、はい……」

左脚を指でちょんと突かれた。

側臥《そくが》でチェリーピンクのニーソックスがフィットした脚を上げる。股を開き、脚の間から向こうにいる太田を見た。そんなポーズになった。股ぐらが太田の視野に入っている。

太田が一歩横に移動して、股間が見えやすい位置に立った。そこを見ようという意志が表れていたので、羞恥心を強くくすぐられた。

「ぐーんと上げて、はい、止める」

パンティ一枚の裸で股間まで見られている状態で、片脚を垂直に上げさせられた。

さらにその脚を頭のほうへ倒されて、ほぼ百八十度開脚に持っていかれた。思ったとおり恥ずかしい格好をさせられた。しかもパンティ一枚の裸で。

「美咲ちゃん、バレエのポーズは久しぶりかい？」

そんなポーズはないと思いつつも、「はい」と小声で言って、恥ずかしさを噛みしめた。

膝の裏に手を引っかけて、ぐっとかなり上げて膝が身体にくっつくところまで脚を上げていった。

そうなるともう太田の眼に股ぐらがはっきりと晒されているのは間違いない。

太田が見ているのは足もとのほうからだから、股間と顔がごく近くに見えている。

太田は顔を美咲の股間に近づけて、顔と比べるようにして見ていた。

「やぁン、見ないでぇ」

美少女の恥丘、割れ目の膨らみと愛らしい顔が同時に男の視野に収められている。その時点で×学生の少女が大人の視線を受けて絶対に取ることのないポーズである。

「ほーら、よく見える」

そのひと言でキュッと股間に力が入ってしまう。羞恥して入ってしまう力である。

やっぱり恥ずかしいポーズを取らされるようになった。予想していたとおりになってきた。

「あとで、アチチュード、アラベスクとか、ポーズを取ってごらん。そのポーズ、真っ裸で見たいなぁ」

「うあぁ、ま、真っ裸って、い、いやぁぁ……」

その言葉だけで想像してしまい、羞恥におののいてしまう。

「じゃ、下りて」

台から下されたが、今度は何をさせる気だろう。もう抵抗する意思はなかったが、最後の一枚のパンティだけは許してもらおうと思った。

「そこに寝て」

ベッドに寝ろと言われた。

「やーん、お、犯されるぅ」

「ははは、そんなことしないよ。ポーズだけ」

思わず口を突いて出た言葉だが、軽くいなされてベッドに仰向けに寝かされた。眼が少し涙で潤んでくる。

側臥で右脚を上げて股を開き、脚の間から向こうにいる太田を見る。そんなポーズになった。

美咲の脚のほうに立った太田に股間を覗かれている。そうやって見てくる太田と眼が合った。

「ほら、脚の膝のところ抱《かか》えて、ぐーっと上げて。もっとぐーっと」

言われたとおりにして脚を上げていくと、また股間が完全に晒された。

ショーツがフィットした股間に、大陰唇の膨らみがはっきりとあらわれている。少女の姫具の輪郭が露呈した。それは美咲にもわかる。

「長いソックスもいいねえ」

薄くて肌が透けるニーソックスはパンティ一枚の裸に花を添えるかたちになっている。

恥丘から美咲が人にとても見せられない、いやらしい楕円の膨らみが、お尻の穴のほうまで続いていた。

「この土手の膨らみの隆起が途中からポコッと凹んでる。ふふふ、この凹みには美咲ちゃんの女の穴があるんだ」

「ええっ」

恐れている秘穴のことを言われて、そこを狙われるのではないかと狼狽える。

だが、すぐにはそこに手が伸びることはなかった。

「少女のいいところはまったく無駄な肉がついていないところ。小さな身体は簡単にいろんなポーズをとらせることができる」

そう言って、お尻のすそのWの形になったところを何度も撫でられた。

「美咲ちゃんのお尻は肉づきがよくて丸くて見て飽きないね」

「あーう、スケべ！」

美咲は無意識裡に恥じらいの混ざった悦びの声を太田に聞かせた。眉をしかめ、どこか泣き顔っぽくなってしまうが、嫌悪感はない。太田も勘づいたようで、ニヤリと口元を歪めた。

「お尻が丸く飛び出してる」

そう言われたが、お尻がけっこうムッチリしているので、才川のときもそうだが、いやらしい目的で狙われると覚悟した。

お尻が大きいとおばさんっぽく見えるんじゃないかと不安だったこともあるが、大人から見てまったくそんなことはないようだった。

もっとも子供だから結局ボリュームはそんなにないため、美咲は形がいいから男の人の目を惹くのだろうとちょっと嬉しくなった。

「脚を組んで、組み替えてごらん」

何をさせる気なのかわからないが、言われたとおりにしてみた。

脚を組み替えると、ニーソックスが擦れるすっと乾いた音がした。

「脛《すね》の反りと細さ長さが大人の脚に近いよ」

脚をじっと見つめられた。眼を丸くして観賞してくる。それほどまで脚を凝視されたことはなかった。

悠真の高校生の兄よりもっと大人の男にやられて少し恐さを感じるけれど、羞恥と快感で萌えてくる。股布がじっとりと濡れてしまった。美咲は形ばかりの抵抗を見せたあとパンティを脱がされた。

ベッドの上だから全裸にされてしまった以上、きっとペニス挿入されちゃう。

ゾッとして身を縮こまらせている。両脚をグイと押し分けられて、少女の羞恥の泉をあからさまにこじ開《あ》けられた。

「あぁあああっ……」

身体が恥辱の瞬間に震え、天井を見つめる。両手で開脚させられる恥ずかしさで、男の人の恐さ、スケベさを味わわされた。

全裸になったら、どうしても抵抗する意思が失われる。もともと無理やりとも言えない、自分でも受け入れていたことだから、羞恥と快感の興奮の中にたやすく入っていった。

意識が股間に集中している。上から指をブスッと突いていけば、難なく秘穴に挿入できる。そんな破廉恥ポーズなのだ。

「ほーら、ふふふふふ……」

太田は中指一本伸ばして、秘穴にゆっくり挿入してきた。

「あひぃぃっ……入れないでっ、まだ恐いぃ！」

美咲が両手に握りこぶしまでつくって叫ぶと、太田は一瞬手を止めた。

ペニス挿入は絶対無理でも、もう指の挿入は仕方がないのかもしれないという思いだった。だが、いざ指が入ってきそうになると、恐くなってしまった。

太田は無理やり入れたりはしないらしく、ある程度ぐっと穴の縁が凹むくらいにしておいて、指の腹で小さな円を描いて愛撫してきた。

膣穴と敏感なオシッコの穴の上をグリグリといやらしく悪さしてくる。指にべちょっと唾をつけたようだ。ヌルヌルさせておいて、細かくすばやくサササッと擦られていく。

「あはぁあン、な、何っ、そういうふうにしたら、だめぇっ！」

唾で滑る上に力もそれほど強くないから痛くはないが、指がクリトリスにまで当たって鋭く感じ、愛液がジュッと溢れてしまった。

内腿をピタリと閉じて快感と羞恥に耐えていると、太田の手が脚の間からスポッと抜けていった。

美咲は太田にズボンの前のもっこりを誇示されて見せられた。

「あぅ、そ、それをどうするのぉ？」

見せつけてくるので、もう挿入されてしまうんだ。そのときが来たんだと恐れた。どうせなら才川先生に最初にしてほしかった。でも、自分からこうしてエッチな興奮を求めてふらふらついてきたのだから、自業自得なのかもしれない。そんなちょっと自虐的な気持ちにも傾いている。

太田がすっと近寄ってきた。肉棒を突きつけてくる。

「あぁ、い、いやぁ……」

恐いし、その勃起したペニスはまだ表面に露出していないけれど、ビンビンに立っていることは間違いないし、もう間近に迫ってきている。

「むふふ、ちょっとだけ、ほら、ギュッと行くよ」

「あン……」

前から迫られて、逃げて横を向くと、太腿に押しつけられた。

太田は腰を屈《かが》めて前を突き出したので、美咲はぐにゅっとその柔らかい太腿で肉棒を受け止めた。

太田は後ろに回って、今度はもう当然のように、美咲の可愛くもセクシーな少女尻にギュッ、ギュッと数回勃起を押し当ててきた。

「やぁあン、それ、エッチ。あぅ、勃《た》ってるぅ、硬いのが、当たるぅ」

お尻の真ん中にギュッと来るので、お尻の中でも感じる尻溝に、縦に勃起した肉棒の本体がピタッと合わさった。

ビクンと脈動する牡のペニスをぐりぐり、ぐりぐりしつこく押しつけられた。

さらに太田は美咲の正面に回った。

今度はズボンを脱いでブリーフにテントを大きく張った前を、おもむろに恥丘へ押し当ててくる。

「あぁ、や～ん、おっきいわ。だめぇ……前は恥ずかしい！」

「チ×ポがね、ぐふっ、こうして、先っぽをピタッとぉ」

「うわぁうっ」

おチ×ポの先、つまりブックリ膨らんだ亀頭が裸の割れ目にしっかり宛がわれた。

その状態で、太田は両手で美咲のお尻を抱えて固定したうえで、ぐいぐいと何度も押しつけ、そして上下に腰を卑猥に動かした。

恥裂を押し分けるように、亀頭が下からせり上がってくる。そうなると、肉芽もブリーフの生地で擦られて、ピクンと感じてしまう。

数回摩擦が繰り返されて、美咲は小さな顎がクッと上がって、勢いつま先立つことになった。

「あう、あはぁン、ああーん、いやぁン、あーう！」

ブリーフ越しなのに、無理やり性器を擦りつけられた卑猥感の雰囲気と直接の刺激で、美咲の性感帯と少女の心は萌えてしまう。

愛液がジュジュッと、これまでの経験より多めに分泌して、内腿のスベスベの皮膚を濡らした。

「愛液がいっぱい出ちゃったね」

太田はそう言って、さっとブリーフを脱いだ。

勃起した肉棒が美咲の前に姿を現した。

「セックスはいやっ！」

強いてその言葉を口にして拒むと、

「それはしないから大丈夫」

すぐ美咲を安心させるような言葉が返ってきた。

だが、太田が上から覆い被さってきた。やっぱり犯されるぅ。美咲は声には出さなかったが、それを覚悟した。

ぴちゃ、ぺちょっ……。

「あ、あン、はうっ……」

舌で乳首を舐められていく。挿入される恐さのなかで、乳首を舐めまくられた。乳房や乳首をイタズラして感じさせたあと、おチ×ポを穴に入れる気なんだ――美咲はセックスをしないはずがないと思った。

小さなオッパイをつまみ上げられて、飛び出した乳首をチュッと吸われた。強く吸われて、太田の口の中で乳頭が尖った。ネロネロと舌で舐められていく。

「あぁあああぁーん、そ、そんなことしたら、だめぇぇ。感じちゃうぅ」

正直に快感の強さを吐露する。それが太田を喜ばせることもわかっているが、今の美咲は恥ずかしくても口走ってしまう。

全身をくまなく愛撫され舐め回された美咲は、再び両脚の腿を手で掴まれて、ヒッと息を呑んだ。

「ああっ、開くのぉ？　やぁぁぁーん」

バレエでつくられた股関節の柔らかさのゆえに、難なく百八十度開脚させられた。赤裸々な大股開き。それは少女とは思えないエロスというよりも、少女だからこそ大人より卑猥な股の開き方に見える。

細くしなやかな白い肌の脚が、左右にピンと伸びきって、そのど真ん中に少女膣がポカァとサーモンピンクの口を開けていた。

どうにでもしてと言わんばかりに、大股開きの生贄《いけにえ》少女が身体を横たえている。

「あーっ、やだぁ！」

小さな襞びらを指でくつろげられた。

恥裂はもう口を開けて、中身が出ている。なのに、小陰唇を指でつまんで拡げられたのだ。

太田はそうしておいて、ビンビンに立った肉棒の尿道の膨らみの部分をベタッと恥裂に宛がった。

「いやぁあーっ、セックスするぅ！」

「いやいや、しないよ。くっつけるだけ。それだけだから」

本当とは思えなかったが、上からのしかかられているのでほとんど抵抗できない。

さらに美咲は抵抗の意志はあまり持っていなかった。

「むぅ……うほっ……」

太田は妙な快感の声を発して、腰を前後動させてきた。恥裂の襞がニチュルッと肉棒で擦られてよじれた。

肉芽にも当たって、美咲は初めての男のペニスによる快感に見舞われている。

「絶対、お、おチ×ポを入れたりしないでね。お願い」

「わかってる。大丈夫だよ」

太田はしばらく腰を動かしていた。

美咲はペニスの裏のプクッと膨らむ尿道の心地を感じ、亀頭もときどき肉芽や襞びらで敏感に感じ取った。

太田の大きな身体がいったん離れた。

と、敏感そうな幼肉に今度は舌の攻撃が始まった。

ペロペロ、チロチロ……。

すばやく細かく舐められていく。快感が急上昇してきた。

「だ、だめぇぇぇ……そこぉ、いやなのぉ！　ああああーん、か、感じるからぁ」

さっきと同じように正直に快感を訴えた。

百四十六センチの肢体をくねくねと悶えさせて、膣壁を蠕動《ぜんどう》させ、ギュッと締めて愛液を垂れ流していく。

「本性を現してきたじゃないか。ふふふ、舌で舐めなめしてやろう」

太田はそう言うと、ベロを長く伸ばして、グルン、グルンと美咲の幼膣内部を縦横無尽に舐め回してきた。

美咲はカッと眼を見開いて快感を味わう。穴の入り口から内部へと舌先が入れられて、複雑に舌を動かされ、唾でべちょべちょにされて舐めしゃぶられた。

クリトリスも尖らせた舌先でチロチロと時間をかけて舐めくすぐられた。

「い、いやぁン、そこ、だめぇえーっ！　ひぐぅうっ、はぁうぅうーっ！」

美咲は激しくわなないて、絶頂に達していった。

そして終わってから、ふと我に返るように起き上がった。

だが、今度は四つん這いにさせられて、後ろから幼穴にズプッと指を入れられた。

「あンうっ、もう入れないでっ」

膣壁を指がえぐって入り、なおかつ肉芽も唾をつけた指でいじりまわされた。

「はぁうーっ！　いやぁあ、やぁン、ああン、だ、だめぇええーっ」

美咲は泣き声混じりの快感の声を奏でた。少女でも感じまくる二カ所を徹底的に愛撫されていく。

も、もう、おチ×ポを入れられてもいい！

捨て鉢な気持ちになりかけた。

×学生の女の子にも存在する秘密のお肉のポイント、恥ずかしくて感じる性感帯を嬲《なぶ》られてイキまくり、背中が反って固まり、腰が痙攣した。

美咲は「あふぅぅ」と溜め息をついて、四つん這いのポーズはそのままだが、ひと息ついた。

お尻を突き出したバックポーズが恥ずかしくて、ずっと身体が揺れて仕方がない。後ろから裸のお尻を見られて太田を振り返ると、少女の最も恥ずかしい秘穴とお尻の穴を視野に収められていた。

やっぱりこんなふうに玩具にされてしまった。羞恥と屈辱感で涙ぐむが、快感に負けてしまった。

「ああっ」

肛門を指でちょんちょんと突かれた。

腰がカクンと揺れた。

「おっ、穴が……いや、マ×コの穴のほうがキュッと締まった」

美咲は確かに肛門を刺激されて収縮したが、強く締まったのは膣口のほうだった。

オマ×コに響いてそれまで言葉や視線で興奮してしまっていたので、わずかな刺激でまた愛液が出そうになっている。

「ほれ、お尻の穴をこうやっておいてぇ……オマ×コを舐めるとぉ」

美咲は背後から聞こえてくるスケベな声で、慌てはじめた。ビクッと身体を震わせる。オルガズムに達してイキ声をあげたのに、またいやらしく感じさせられて、もうどうにかなってしまいそうなのだ。

肛門を指でほじくられながら、膣口を舌でペロペロと繰り返し舐められていく。

「ンアアーッ……イクゥ！　だめぇっ、しない……でっ！」

またもや快感が急激に高まってきた。

「美咲ちゃん、すごいんだね。ママに内緒でもう一度イッてごらん」

太田の言葉も心の中の性感帯を刺激してくる。

幼膣の口と肉芽の尖りを舐められ、舌先で突かれた。

「はぁうぅーっ、か、感じるぅ、イグゥ……ヒグ、イクゥゥゥッ！」

美咲は愛らしい小さな口を開けて、はしたない嬌声を迸《ほとばし》らせた。

四つん這いの姿勢を踏ん張って守り、後ろの太田を振り返って自分の顔も見てもらいながら、イキまくって果てた四つん這いになった華奢な身体をグラッと揺らしたが、自分で何とかそのバックポーズを維持した。美咲は四つん這いが好きだった。

何度イカされてもいい。犯される覚悟はまだ完全にはできていなかったが、全裸でお尻の穴もオマ×コも丸出しで絶頂に達した。

(愛液がいっぱい出ちゃった。でも、それでいいわ)

イカせてもらったら、男の人も満足するなかで、自分もまんざらでもなくて、心が幸福感に満たされる……。

悠真とそのお兄さんにイタズラされたときは泣いたけど、もう泣かなかった。だから、自分は進歩した。そんな内面ができている。

ベッドの上に愛液のしみがで点々とついていた。

美咲は終わって一息つくと、ひざに痛みを感じた。踏ん張りすぎて擦れたらしい。まだ腰がぐっと反ったまま固まっている。それが普通の状態のように思えていた。少し弛んで腰がやや丸くなり、楽になった。

「あぁ、これっきりにしてぇ。親から疑われてて、もう危ないの。だから……」

一瞬我に返った美咲は、太田に対してとっさに誤魔化した。

「そうか、それはそうだろうね。わかったよ、つきまとったりしないから大丈夫」

太田も納得しているように見える。

「でも受験が終わったら、またバレエ教室に行くと思うわ」

「そうかい。本当に教室に戻ってきてほしいね。僕、美咲ちゃんのことが好きになっちゃた」

「あぅ、わたしも、好きかもしれないけど……でも、恐いから、いちおうこれっきりにしてね」

「ああ、わかってる」

太田は大人の態度だった。脱いでいたブリーフを穿く姿が見えた。

騙されることなく犯されなかった美咲は、大学生の太田をちょっと見直したい気持ちになった。

自分も疲労した身体を起こした。

ヌルヌルの割れ目を拭くのが恥ずかしかったので、そのままベッドの上のパンティを拾って穿いた。

第五章　美少女絶頂部屋

（やぁン、真っ裸にされて、アソコにイタズラされたわ）

美咲は悠真とその兄に続いて、バレエ教室の大学生によって性的に弄《もてあそ》ばれた。全裸にされ、全身を舐め回された。

悠真の兄にも少女の幼膣を愛撫されて、愛液が溢れたが、太田浩一というバレエダンサーには肉芽を舌先で転がされてわななき、絶頂に達してしまった。

美咲は短い期間に異性との関係がエスカレートしていった。だが、悠真の兄の蒼太、それに大学生の太田にも、もうエッチなことをされたくなかった。

ただ、羞恥心を刺激されるなかで快感に翻弄されていても、同級生の悠真を好きなことに変わりはなかった。

一学期も終わりに近くなった。放課後になると、悠真が目配せしてきた。教室に居残るように求めていることは顔の表情ですぐわかるようになっていた。

これまでもやってきたように悠真の前でスカートを捲った。

「また兄ちゃんが来てくれって。今度は何もしないからってさ」

また家に誘われた。あれ以来悠真の家には行っていない。

スベスベした素材の白いショーツを披露している。セミビキニで前の部分はおへそよりはるか下にウエストゴムがあって、ちょっと幅が広い逆三角形が股間へと吸い込まれていくような風情《ふぜい》で大人っぽい。

「わたし、たぶん、もうじき大人になるわ。だから……」

「え？」

美咲が言うと、悠真はじっと眼を合わせてきた。

「せ、生理……。それが来て、あぁ、中にピュッて出されたら、赤ちゃんができちゃう。だからもう悠真君のお家には行けないわ」

美咲が思いきってあけすけに言うと、悠真は眼を白黒させた。美咲は生理を口実にして兄の蒼太に会うことを拒もうとした。

「そんな、お、おチ×ポ入れるわけないだろ。大丈夫」

「わからないわ。こないだはパンティ引っ剝がして、女の子の大事なところいじくったでしょう」

「そ、それはそうだけど……」

悠真は自分もちょっと触ったので少し悪びれたような顔を見せたが、そのくせ抑えがきかないのか、手をすっと美咲の脚に伸ばしてきた。美咲は内腿から化織のシンプルな白いショーツにできたスジまで撫で上げられた。

美咲は悠真なら少しくらい触られてもかまわなかった。割れ目に指先が食い込んで撫で上げられると、快感でピクッと下半身に反応した。

スカートを捲り上げたまままくるりと後ろを向いた。

「うわ、お尻が半分くらい出てる」

半分は大げさだったが、セミビキニでもハーフバックに近いお尻のほうの切れ込みだから、かなり露出しているのだろうと美咲は思った。

「パンツのね、線がねぇ。指でなぞるとね……ほら……」

ぼそぼそとカッコイイ悠真君らしくないしゃべり方をして、指でゆっくりすそラインをなぞってくる。パンティのすそラインはジュニア用だからか、少し太くて触るとコリッと硬かった。それが股間へと続いている。たぶんお尻に張りついて見える肉感がいやらしいのではないかと美咲は想像した。

「ああっ」

ぽってり膨らんだ大陰唇を撫でられた。指を大陰唇の下に差し込まれた。美咲は登校したときから生理とセックスのことを話そうと思っていて、朝からそわそわしていた。

「避妊に、あれ、コンドームを使うの……あぁン、だめよ」

指が曲げられて、薄い化繊のショーツに食い込まされた。割れ目をズルッと掻き出された。

「お、おチ×ポにキュッと被せて、あぁ、何か滑るの付けるのかな。そうやって、ズボッと入れるのよ」

久しぶりに恥ずかしい行為をしている。今にも愛液が溢れて、パンティのクロッチをヌルヌルにさせそうな気がした。

「す、すごい。でも、生理が来る前におチ×ポ嵌めて、ドビュッと出せばいいんじゃない？」

「うあぁ、だめぇ、生理が来ていないうちは妊娠しないけど、セックスは……おチ×ポ入れるのは、どスケベなだけだもん」

美咲は顔を紅潮させながら、またあけすけに恥ずかしいことを口にした。

「はは、わかったよ」

悠真は笑ってちょっと頷いた。なのに美咲がスカートのすそを下すと、手を小ぶりの乳房に伸ばしてきた。

「卒業式の日に、どこか誰もいないところに連れてって」

乳房を左右とも両手の指三本でつままれた。

「うん……」

悠真は頷《うなず》いて、つまんだ乳房をじっと見ていた。あまり聞いていないように見える。

美咲は悠真の手をちょと摑むくらいで、やわやわと指で揉むのにまかせていた。

「卒業まで待って。真っ裸になるから、そのときは何をしてもいいの」

「そう……すごいね。やっちゃうよ」

「アソコに、な、何をしてもいいわ……」

両方の乳房を揉んでくる悠真を上目遣いに見て、小声で言った。

「アソコって、どこ？」

両方の乳首を同時に指でキュッとつままれた。

美咲は快感で声が出そうになったが我慢して、悠真の耳元に口を寄せた。

「女の子の生殖器よ」

美咲は囁《ささや》くようにそう言った。

「オマ×コに触らせろぉ」

興奮させようと思って言ったが、予想以上に悠真は眼をギラつかせた。

スカートをたくし上げられたが、しばらく好きにさせているとショーツを下され、割れ目に直《じか》に触られて指を前後に出し入れされた。

にちゃ、ヌチュッ……。

小陰唇の襞びらを少しぬらつかせて掻き分けられた。

何かの拍子に膣穴に指先が入ってきた。

「ああっ、だめぇ、そこに入れるのはまだなのっ」

美咲は鋭く言って悠真の手を振り切った。声が大きかったためか、悠真もさすがに気後れしたようで手を引っ込めた。

久しぶりにセルフパンチラからお触りへと進んで、幼膣と幼芽が感じはじめたくらいで終わったが、いつかばれそうな気もしている。ここ当分の間はやめておこうと思ったので、そのことを悠真にも言っていちおう納得してもらった。

だが、悠真は、

「何をしてもいいって、何をさせてくれるの?」

最後に美咲が言った言葉の意味を訊いてきた。

「男の子が一番したいこと」

「だから、何？」

たたみかけて訊いてきた。もうニヤリと笑っている。

「ペニスの挿入、セックスよ」

それを言ったとたん、壁ドンのような格好になって顔を近づけてきた。

チュッと唇にキスをされた。

「やン、×学生はキスはしないの。大人になってからだもん」

そう言いつつも、これがファーストキスだった美咲は、ちょっと眼を潤ませて顔に笑みをつくった。卑猥な行為ばかりしてきたが、刹那純な気持ちが萌えてきた。

顔を紅潮させた美咲は、悠真を置いて逃げるように教室から出ていった。

（あぁ、わたし、悠真君が好き。で、でも……）

帰る道すがら、脳裏に悠真の兄弟とバレエ教室の大学生のことが浮かんできた。悠真以外はもう会わないつもりだったし、現に口にできないような辱《はずかし》めと愛撫玩弄を受けたあと、その二人とは一度も関係していない。ただ、イタズラされたとき少女の肉芽が弾けてしまい、絶頂に達していた。幼膣が固くクイクイ締まって絞り込まれた。

（次は、セックスされちゃう。それはまだいやぁ！）

美咲はクラスの女子の猥談で「ペニス挿入」という言葉が耳にこびりついていた。まだ生理も来ていない女の子の秘密の穴に、ものすごく硬く大きくなったおチ×ポを入れられる。

わたし、知ってる。入れたら、勢いつけて出し入れされちゃう。痛くてもやられる。あぁ、そして、出されるぅ。

睾丸の中の……あぅ、熱いやつ。せ、精液ぃ、ギュッと入れたペニスの中を通って、ドビュッと！

そんなこと、最初にされるの、二人のうちどっちもいやぁ。

初めて人は……あぁ、才川先生でなきゃ、いやっ。

今、悠真に卒業のときセックスさせると言ったのに、美咲は初体験の相手をすでに塾講師の才川に決めていた。

悠真とはかなりエスカレートして少女の敏感な秘部をいじらせたこともあって、その後しばらく彼に対してセルフパンチラはしなくなっていた。

代わりに美咲が近づいていったのは塾講師の才川だった。塾では簡単には悠真の場合と同じようにはいかなかった。せいぜい身体をくっつけることくらいしかできなかったので、徐々に焦れてきていた。

そんなとき才川からメールが届いた。

「今度の日曜日に先生の家に来られないか？」

シンプルな文面を見てドキリとした。でも答えは一つだった。

「絶対、行きます！」

美咲はすぐに感嘆符付きで返信した。

そんな返信の仕方をしてどう思われたかちょっと気になるが、後悔なんてしなかった。

来週の日曜日、親の知り合いが遊びにくる。チャンス到来とばかり、美咲は親に学校の宿題や塾で出された課題をテレビとかの誘惑がない図書館の自習室でやりたいと言い、了解を得た。

これを才川にも携帯で告げたところ、

「むふふ、いろいろ準備しておくからね、お楽しみにね……」

妙な雰囲気でそう言ってきたが、何を準備するというのだろう。とんでもなく恥ずかしい目に遭わせる準備だろう。そんな予感がした。

着ているTシャツに乳首が当たって感じてくる。

胸に手で触ると、乳首が硬くなってツンと尖っていた。

（あン、先っぽが敏感になってる）

気持ちが萌えてくると、如実《によじつ》に身体に反応した。

メールは木曜日に受け取ったが、美咲は何をされるのかその後、日曜まで想像してしまうことになった。

不安と羞恥と期待感で悩ましくなって、金、土と二日間が経過した。

日曜になると朝からソワソワしっぱなしだった。

何を穿いていこうかと迷ったが、ライトブルーのショートパンツを選んだ。白いボーダー柄で清潔感のあるパンツだが、一分丈でフィット感が強いのでピッチリ尻と前に密着した。穿いていてドキリとするほど薄い生地だった。

駅前の大型スーパーで買ったときすでにドキドキして、穿いて外に出ると思うと恥ずかしくなって顔を赤らめた。

そのとき完全なショーツ型のもあってゾクッとしたことを思い出す。

（あんなの、下着と変わらないわ……）

それはショーツに近い形だったうえに、色がけばけばしいショッキングピンクだった。とても外で穿ける代物《しろもの》ではなかった。

美咲はショートパンツに似合うと思ってニーハイソックスを脚に通した。色はクリームイエロー。コットンでふわふわしている。ストレッチ部だけややきつくて絶対ずり落ちない。

上はTシャツを脱いで、夏でも暑くない半袖スウェットを頭から被った。すそでショートパンツのお尻の上のほうが隠れた。

それでもお尻のプリプリ感が目立っていた。そこでチュールスカートを上に穿いた。レインボーの柄で七色全部揃っているわけではないが、とてもラブリーなものだ。シースルーのため下のショートパンツが透けて見えているが、ちょうどいい具合だった。

だが、

「美咲、そんなの穿いていくの？　だめよ、派手すぎるわ」

玄関から出ようとしたとき、母親に待ったをかけられた。ショートパンツが透けて見えているのを嫌がっているようだった。

「チュールは可愛らしくて子供っぽく見えるでしょ。派手かもしれないけど……」

派手だからだめだと言うのはおかしいと思った。

「だめよ、下に穿いてるのがエッチだから」

スカートでやや誤魔化されているが、お尻のまん丸い形は見えている。やっぱり一分丈のパッツンパッツンのショートパンツはだめなのか。それなら永久に外に穿いていけないことになる。

美咲はそう母親に訴えたくなったが、結局普通の丈のミニスカートに穿き替えた。だが、美咲はショートパンツをこっそりショルダーバッグに入れておいた。塾の課題と学校の宿題も入れて駅に向かった。

図書館は徒歩でも行けるところにあるが、近くの駅は図書館のある方向と同じなので、たとえ親が見ていても疑われなかった。

才川の自宅マンションは塾の近くにある駅からそう遠くない。美咲は電車を降りて、才川の家に行く途中にある公園にふらりと入った。

ベンチに座って靴を脱ぎ、周囲をキョロキョロ見渡して誰も見ていないことを確かめた。

スカートを穿いたままショートパンツを脚に通して引っ張り上げた。誰にも気づかれずにさっと穿くと、それからスカートを脱いでバッグに入れた。

公園を出る前に、いつも持っているコンパクトでお尻を映して見た。

（やン、透けてるぅ）

外の光でショーツの線だけでなく、ショートパンツと似た色のブルー系中間色のパンティ全体の色と形が透け放題になっている。家で穿いてみたときはよくわからなかった。親が見咎《とが》めて止めてくるのも頷《うなず》けた。

「あっ、ま、前も……」

ショートパンツなのにパンティにできるようにうっすらとスジが見えていた。辺りを見回して人の眼がないことを確かめると、コンパクトで股間まで映した。割れ目は細くはなく、ちょっと幅があって見た目が少女なのに卑猥だった。

（キュッと食い込んで、熱くなっちゃいそう）

ショートパンツの前の縫い目が割れ目に挟まって、穿いているだけで感じてきた。ショートパンツが貼りついた前は特に密着感が強い。恥丘から恥裂全体の輪郭が浮いて見えている。

上からチュールスカートを穿いていればましだが、それなしで下半身の線がはっきり露呈している。羞恥して顔を赤らめてしまう。

教えられていた才川の自宅のマンションへ向かってスタスタ歩いていく。すれ違う通行人は例外なく美咲の前のスジの辺りを見ていた。よほどはっきりとその食い込みが出ているのだろうと羞恥のなかで認識することになった。でも、少女でまだ子供だということもあって、美咲は気にしないふりをして歩いていた。平気な顔をして歩いていくが、食い込む刺激で快感が起こり、見られる羞恥と興奮も合わさってパンティの股布が愛液でヌルヌルしてきた。

そんな恥辱を噛みしめながら足早に歩いていくと、やがて才川の住むマンションが見えてきた。

美咲は携帯で近くまで来たことを知らせた。玄関のドアの前まで行くと、少し緊張しながらドアチャイムを押した。

すぐドアが開いて、才川が姿を現した。

「おっ」

才川はショートパンツに眼を瞠《みは》っている。そんな彼に美咲は羞恥の笑みを見せた。

部屋に入れられても、まだじっとショートパンツに注目してくる。

「それ、ピタッとくるトランクスみたいだね」

「ショートパンツよ。嫌い？」

トランクスなんて言うけれど、男の下着に見えるとは思えないので訊いてみた。

「いや、大好きだよ。と言うか、美咲ちゃんが穿くと何でも可愛く見える」

そう言われると、やはり美咲も嬉しくなる。

「長いニーソックスも美少女だねえ」

ニーソックスが美少女という言い方はどこか面白いと思った。美少女に似合うという意味だろうか。

「少女のことを言うとき愛らしいって言葉があるけど、眼が本当に愛らしいんだ。いやらしい感じ、悪い子の感じがまったくない。美咲ちゃんは自然体の美少女だよ。あどけないしね」

「えっ、いきなり何なの？　恥ずかしい」

美咲は顔に含羞の笑みを浮かべてしまう。ミルクティーかレモンティーか訊かれて、ミルクのほうを出してもらった。

「先生は小さな女の子が好きなの？」

「うーん、そうかもしれないけれど、可愛い子は好きだから」

はっきりとは言われなかった。悪い気はまったくしない。美咲はロリコンという言葉を使って訊く気はなかった。

「少女で可愛いのがいても何も感じないって、そういうふりしてるだけだからね。建前の嘘だよ」

才川の口調に力が入ってくる。美咲も彼の言うことはわかる気がした。

お茶はほとんど飲まずに取りとめもないやり取りをしたあと、椅子から立たされた。もう一度、間近からじっくり全身に視線を這わされた。

才川はショートパンツには美咲が思ったよりも興味を示している。すっと近づいてくると、前に塾の教室で触られたようにお尻まで手を回されて撫で上げられた。

触られてもそれほど嫌ではなかったが、少し腰をひねると今度は前に手が入ってきた。割れ目の食い込みを含めて指で股をスリスリと撫でられた。思わず腰が引けて
「いやぁン」と可愛い声が漏れた。

「僕は美咲ちゃんの成績が上がるように、特に力を入れて教えるよ」

そうは言っても、塾の教師では特別自分にだけ教えることはできないような気もする。適当に言っただけかもしれないが、美咲は特にこだわらなかった。

「むふふ、捕まえたよ」

眼を見られて言われた。

「えっ……つ、捕まえたって……」

ドキリとする。でもちっとも嫌じゃない。捕まえてほしかったから……。

「さあ、服を脱ぐんだ。一枚一枚脱いでいこう」

言い方がいやらしくて命令口調な気がした。少しだけ反発も感じるが、ただ美咲自身エッチなことをされてもいいと納得して才川の部屋に来たのだ。そう自分に言い聞かせようとした。

半袖のスウェットを脱いで、チラッと才川を見た。ジュニアスリップにおぼろげに乳首が透けている。乳首を見られている気がした。スウェットは近くに置くところがなかったので、椅子の背もたれにかけた。

（あぁ、もう全部脱がされて裸にされてしまうわ。パンティも脱がされたら、お、犯される！）

おチ×ポが迫ってきたら、自分の股間を必死に手で塞いでいるしかなくなる。そしてそんなことしても無駄だとわかっている。

「ホック外して、サイドジッパーを下ろして」

「ああー」

「最後はスッポンポンになるんだ」

やっぱり……。思ったとおり全裸を要求してきた。美咲は小さな身体をビクッと震わせた。

だが、もう拒むつもりはなかった。羞恥心が高まってホックを外す手が震えている。

ジッパーも下してショートパンツを脱いだ。

「おお、そんなパンティを穿いていたんだねえ」

「あぁ、は、はい……」

けっこう自信のある綺麗な中間色のショーツを披露した。セミビキニだが美咲が持っている中で二番目くらいに小さいパンティだった。薄い生地なのでショートパンツにも現れていたスジがくっきりと露呈していた。それは美咲も一部しか見えないが、奥まで恥ずかしい溝がまっすぐ通っていることがわかっている。当然才川の視線が美咲の食い込みに向けられている。

いついやらしいことをされるのか戦々恐々としつつ、期待もして眼がとろんとしどけなくなって表情もたるんできた。やがて恥裂がじっとりとしてくるのを感じた。

あぁ、先生、わたしの小さな身体にすごく興奮してるはず。何か恐い。大人の強い力でどんなことをされるのかわからない。

全裸にされて恥ずかしいポーズを取らされる。大股開きにして辱める。大人の女の人にやるのと同じことするわ。いやもっと恐いことされるかもしれない……。

「チ×ポがビンと勃《た》ってきたんだぞ。ほら、もうこんなに」

美咲が羞恥に満ちた想像をしていると、それを見抜いているのか、才川がズボンの前を指差して卑猥なことを口にした。興奮した姿をことさら表そうとしているかのようだ。

「そういう、チ、チ×ポが……なんて言うのはいやぁ」

美咲は恐いのと同時に羞恥と期待感にも包まれてくる。まだ手を自分のズボンの前に置いている才川に「ほーら」と何の意味があるのか、じっと顔を見られて言われ、ニヤリと笑われた。

美咲はどうしても才川のモコッと膨らんだ部分を見てしまう。

(あぁ、男の人のが大きくなってる)

眼の前に勃起した大人がいて、自分はパンティとスリップの姿になっている。性教育される前から女子の間の猥談で、女の子の膣に入れるためにペニスが硬く大きくなることは知っていた。だが、いざそのもっこりを前にすると恐さが身に迫ってくる。

「ウエストからヒップの線が洗練されてる。お腹が出てない。平べったくてすっきりしてる。子供はけっこうお腹ポッコリだけど」

今そんな褒めることを言われても素直に喜べない。言葉で責めてくる好色な感じしかしなかった。

「普通のパンティなのにお尻が大きいから、バックがぶかぶかせずにピタッと貼りついて、大人のヒップラインがセクシーだね」

やはり言葉で雰囲気をつくって次のいやらしい手管《てくだ》につなげていこうとしている。

そんな才川のやり方が身に迫ってくる。

「じっくり恥ずかしいことしていくよ。感じることも。それをデジカメで撮るよ」

「あぁ、と、撮るのぉ？」

「映像を残しておきたいから。ときどき見てオチ×チン勃てるために」

才川はノートパソコンをデスクの棚の上にのせて、机の上を手でさっと拭くようにした。

「机に座って、脚も完全に机に上げて」

言われて机に上がったが、体育座りになって脚がはみ出した。

横座りになろうとすると「大陰唇の膨らみが見えてる」と、股間を覗いて言われた。

「ふふふ」

顔を近づけてきて指でさされ、美咲はそこをいじられると思ってさらに横座りになって脚で隠した。

「ははは、まだ触らない、あとでじっくりとね……」

美咲はイヤッという口の形になって顔をしかめた。ただ、それほど嫌悪しているわけではない。ちょっと恐いが、いやらしく言われて興奮してきた。

「そんな座り方はだめだ。脚をガバッと開いて見せてみよう」

脚に手が伸びてきて、美咲はとっさにまたピタリと脚を閉じた。

足首を両方とも摑まれて「ひっ」と息を呑む。ぐっと左右に引っ張られて無理やり開脚させられた。

クリームイエローのニーソックスのスレンダーな脚が両側に開ききって、凄まじく美しく長く見える。

「おぉ、×学生とは思えないエロさだ。太腿の高いところにストレッチがピターッと貼りついて、これがいい」

マニアックに眺められて言われても、美咲はもう抵抗しなかった。

触られちゃう。いや、おチ×ポを女の子のアソコに入れられてしまうかも……。でも、それが想像できていてここに来た。悠真君やその兄、バレエ教室の学生にも秘部をいいようにされて弄ばれ、全裸にもされていた。

才川にはじっくりスケベなことを言ってくる恐さと身体に染み込むいやらしさがあって、羞恥と屈辱感が違う。しかもそれが興奮につながっていく。もう愛液が股布に染みていた。

美咲は机の上で側臥《そくが》の状態で脚を上げた。

「さあ、脚上げたり下ろしたりして」

言われたとおり横向きで開脚を繰り返した。才川にデジカメで撮られていく。動画にしているらしい。開脚の動きを狙っている。どうもセックスする格好をさせているようだ。

才川は美咲の正面から脚の向こうに移動した。高く上げた右脚と机に伸ばした左脚の間から顔を出させて撮られた。

才川が構えるカメラのほうを見ると「こんにちは」と顔を見ながら変なこと言われて動画に撮られた。

やがてカメラが股間に近づいてきて、股間から顔へ顔から股間へと舐めるように撮られた。

「あぁ、そういう恥ずかしい目に遭わせるやり方はいやぁ」

故意にどこを狙われているか悟らせて撮るスケベな魂胆がありありとしていた。

才川は眼を細めて調子に乗る感じで、股間に手を伸ばしてきた。触れるか触れないかというところまで割れ目のスジに指先を接近させた。美咲は顔をじっと見られた。

「あぁ、だから、そんなふうにするのは、そんなエッチなやり方はいやなのぉ」

下着姿にさせてまだ裸にはしない。そして触ってもいない。ゆっくり時間をかけてやろうとする陰険さで悩ましくなる。

美咲は口が開いたままになった。「あぁ」と声を漏らして、触られそうになっている恥裂を強く意識した。

その状態で脚を上げ下げさせられて開脚を繰り返す。股間を動画撮影しながら、触る直前で指を止めてじっと様子を窺う才川のいやらしさで、美咲の心は嬲られた。

「ほーら、愛液が出てきた」

言われて、美咲は無言で鋭く顔を背けた。裸を覚悟していた美咲でも気にして恐れていたことが起こった。ショーツにジュッと愛液が染みたのである。

狭い机の上だが、才川は面白いと思っているのだろう、破廉恥な格好で開脚などさせて面白がっていた。だが、やはりそこが狭いと感じたのだろうか、やがて寝室に連れていかれた。

今、ベッドの前に立っている。

「えっ……す、するのぉ?」

声が震えている。セックスするのと訊こうとしたが、その言葉は口にできなかった。

ベッドを前にして、おののく美咲である。

「おへそが綺麗だね。縦に長めの小さな楕円で……穴の中がちょっとだけ浅いかな。セクシーなおへそだよ」

「セクシーなのぉ？」

へその形がセクシーというのはよくわからなかった。

才川は上はシャツを着たままだが、ズボンを脱いでパンツだけになった。競泳水着のようなダークブルーのビキニブリーフで前が大きくテントを張っている。その大きさに美咲は眼を丸くした。

肉棒そのものは見えていないが、そんなものが自分の中に入ってくることを考えるとゾッとする。

（あぁ、でも、やられちゃう……絶対、痛いっ！）

激痛を恐れる。だけど、そうなることが予測できていてもここに来た。美咲はもう仕方ないんだと覚悟していた。

「ぐふふ、ズルッとパンティ引っ剝《ぱ》がして丸出しにもできる。でもまだしないよ。あとに取っておくから」

妙な言い方をされたが、さっさとやらずに時間をかけて脱がすのが好きなようで、想像したとおりのスケベな性格だった。

ベッドに寝かされると思ったが、その前に腰に手を回された。ビクッと震えて緊張していると、後ろに回られて腰を掴まれ、勃起をお尻に押しつけられた。

「な、何するのぉ」

柔らかい尻肉でゴリゴリした肉棒を味わわされていく。パンツ越しだが、肉棒の形がわかる。

「ほら、ビンビンのチ×ポはどうかな？」

亀頭でぐりぐりお尻のお肉をえぐる感じで擦りつけてくる。

「あとで、むふふ、チ×ポの先で割れ目ちゃんを撫でなでしてやるからお楽しみにね」

気持ちの悪い声で言われた。いつおチ×ポを出してくっつけてくるのだろう。撫でると言っているが、まだ入れるとは言われていない。「ペニス挿入」は恐いが、これまで複数の男たちにいじられ舐めまくられた美咲は、そのビンビンに立ったペニスを見たくなってきた。だが才川はすぐにやる気はないらしく、何か企《たくら》んでいるようでそれも少し恐かった。

お尻に硬い強張《こわば》りを擦りつけられたあと、美咲はベッドの上に座らされた。

膝を摑まれてグッと左右に開くように押され、開脚を促《うなが》された。美咲は後ろ手をついて脚を開き、まだパンティを穿いてはいるものの股間を才川の前で披露した。

「ああー」

羞恥で顔が紅潮してくる。才川はまだカメラを持っていた。

「ちょっとそのポーズのままでいてね」

そう言って才川はデジカメを構えた。動画で撮られているうち感じてきていたが、ジュッと愛液が滲んだ。

ストロボが閃《ひらめ》いた。白い光が眼に眩しかった。撮られた瞬間ピクンと下半身に反応してしまう。ブルー系統のショーツに形が出た大陰唇の膨らみが画像になっていく。

美咲は肩を押されて仰向けに寝かされた。そうなると俄然セックスの予感が浮上してくる。が、まだパンティを脱がされる気配はなかった。

開脚から脚を閉じさせたと思ったら、そのあと両脚とも高く上げさせられて一直線になった。

「このまっすぐなのが綺麗だなあ」

才川に揃えて上げた脚を見下ろされて感心するように言われた。手でお尻から脚のふくらはぎまでスーッと撫で上げられた。綺麗と言われて嬉しい気持ちより恥ずかしさのほうが先になる。

さらに顔のほうに倒されて、お尻が嫌でも上がってきた。もう開脚していて、才川が上から股間を覗き込む格好になった。悠真の兄の蒼太にさせられたポーズとほぼ同じだった。そのときの羞恥が甦《よみがえ》ってきた。

こんな格好がもしパンティを脱がされたあとだったら、一度やられていてもやっぱり死ぬほど恥ずかしい。

「まんぐり返しだ。オマ×コもお尻の穴も同時に見える」

「えーっ」

美咲はまんぐり返しという言葉を聞いていかにも恥ずかしい名称だと思った。結局裸にされてまた同じ格好にさせられそうだが、ショーツを穿いていても割れ目とお尻を見下ろされて赤面する。

尻溝からクロッチの端のラインを通って恥裂までスジができている。化繊の薄い生地ということもあるが、股布一枚付いていてもなお深く食い込んでいた。

「ほら、割れ目がじっとり湿ってる。形が浮き出ているじゃないか」

卑猥に言われて、しかもデジカメで撮られて羞恥の食い込みを画像にしっかり残された。

「ここが大人よりエロいんだ」

「あぁっ！」

才川の指が魅惑の割れ目に入ってきた。グリッ、グリッと掻き出されて敏感に感じてしまった。

辱めとも言えるまんぐり返しのポーズで、美咲は不安の中にいたが、ついにショーツに才川の手がかかった。腰のところでゴムに指をかけられて、くるっとショーツを剝かれるように下ろされた。

「やぁン、やっぱり脱がすのね」

裸は覚悟していたが、いざ下半身を裸にされると、恥辱に身を震わせてしまう。しかもエロティックなポーズでお尻も割れ目も剝き出しにされた。美咲は涙が出そうになる。ショーツは太腿で止まっているが、恥裂は露出している。

またデジカメを構えられた。

「あぁ、もう写真なんて撮らなくていいもん」

美咲はほとんど涙声になって抵抗する。才川は相変わらずニヤニヤ笑っている。上から見下ろす角度で、お尻と股間、内腿を視野に収められた。

「恥ずかしいところ、撮らないでぇ」

そうは言ってみるが、股間やお尻の丸み、それらを余すところなく画像に収められることは避けられない。それは美咲とてわかっている。

カメラを向けてニヤリと笑う顔に、陰険な企みが現れている。

またストロボが眩く発光した。今度は生の少女そのものを撮られた。

才川はさらに少し離れて撮ろうとした。

（あぁ、お尻の割れ目、アソコの割れ目、もっこりのところ、顔もいっしょに撮る気なんだ）

じっと狙って撮られ、ストロボがまた眼に眩しかった。美咲が想像したように顔も含めて画像に収められた。

見られるだけでなくそうやって画像に収められると、よけい羞恥と屈辱感で心を揺さぶられる。それが才川の目論見《もくろみ》だとわかる美咲だが、すでにそのことも覚悟していた。

「毛が生えている女より、少女のツルツルした割れ目のほうが綺麗だし、興奮するよ」

毛が生えるのが嫌だった美咲は、男の人もそう思うのだと初めて知った。無毛の滑らかな秘部を異様な眼差しで見られながら、指二本の腹で前後にゆっくり撫でられていく。

「あぅ、いやぁ、ああっ……」

全裸を見られる羞恥と興奮で感じはじめていた美咲は、割れ目を撫でられて、また愛液が小陰唇の襞びらの内側に溜まってきた。

「お尻の穴も、不潔な感じが全然しないね」

肛門を指先でツンツンと突かれ、くすぐられた。美咲は快感でお尻をピクピク痙攣させ、震わせた。

「さあ、上も邪魔だから脱いでみよう」

下を脱がされてもまだスリップは着ていた。ある意味順序が逆かもしれないが、結局可愛いジュニアスリップも脱がされた。

太腿に引っかかっていたショーツもスルリと足先から抜かれて、とうとう全裸に剝き上げられてしまった。

脱がされた下着は才川がちょっと手で弄んでからポイとベッドの上に捨てるように置かれた。

美咲が両手で乳房と割れ目を隠して身を縮こまらせていると、才川がブリーフを脱いで勃起した肉棒をビンッと美咲の前で聳《そび》えさせた。

「あぁう」

全裸にされて男がそのおぞましい武器を露出させたら、もうやることは一つしかない。「ペニス挿入」という言葉が美咲の脳裏に浮かんできた。

女子の間での猥談でしか知らないセックスが今から始まる。大人の男の人の恐い勃起ペニスが小さな膣穴に入ってくる……。

(だめぇ、恐いぃ。ぼ、勃起したおチ×ポすごく大きい！)

美咲は恐怖でキュッと膣が締まりながらも、期待感で愛液が割れ目の外へ溢れてきた。

「さあ、真っ裸の女子×学生、四つん這いになれ」

「うあっ、そ、そんなふうに言うのぉ」

また異常な言い方をされて美咲は眉をしかめる。大人が塾の先生が口にしていい言葉じゃない。

でもぉ……。全裸で写真を撮りまくられ、恥裂をいじられた美咲は心に甘いマゾっぽいエロが宿ってしまう。

顔を赤らめながら四つん這いになった。

美咲は後ろの才川が気になって振り返った。羞恥心から眉間に皺を寄せて、才川の顔を見ている。またニヤリと笑った。

いやぁ、笑わないでほしいのにぃ……。口が半開きになって涙目になる。

美咲の股間にピンク色の小さな花が咲いている。そこに才川が手で持った勃起を接近させてきた。

亀頭がサーモンピンクの幼膣にくっついた。

「アアアッ」

美咲は鋭敏な反応を示した。

才川が肉棒を手でつまんで上下に動かす。亀頭でスジに沿って秘部を撫でられていく。

「ひぃっ、そ、そんなこと……ああっ、だめぇっ」

亀頭の感触におののいてしまう。そのおぞましさとゾクゾク感が淫裂から脳天へ上昇してきた。さっき才川が予告していたことが始まった。前にバレエ教室の太田にも同じように亀頭の性器への擦りつけをやられた。一度やられていてもそれに慣れることはない。

「オマ×コがヌラヌラしてる。ポカァと開いちゃって」

感じさせられて割れ目が口を開けたことはわかっていた。それが恥ずかしいが、女の子だから感じてそうなるのは仕方がないと思っている。スケベな眼で見られることを承知して股を開くし、命じられると素直に四つん這いにもなってしまう。だが、バックポーズを背後から見られて、少女ながら死にたくなるほどの羞恥を感じていた。

男が正面に立っているか寝て上から被さってくる状態なら、好きとか愛しているとかやり取りができもするだろうが、顔も見えない後ろから迫られたら、愛とか恋とかのうっとりする幸せ感がない。ただスケベなだけのエロのムードしかない気がした。思い出してみると、太田浩一というバレリーナにもバックからいじられた。それもことさら恥ずかしさを感じるようにするためだったのだろう。男の考えることはだいたい同じような気がしてきた。

ねちゃ、ねちっ、にゅるっ……。

割れ目内部に入った亀頭が愛液で滑って、肉溝の端から端までを往復する。

「あぁあン……そこをおチ×ポで、そ、そんなふうにされたら……」

才川を振り返った。手で肉棒を持って、ブックリ膨らんだ亀頭をさかんに擦りつけてくる。

「ほーら、もう眼つきがとろんとなって」

「はぁうぅ」

才川の手が背後から胸に伸びてきた。

何やら嫌なものを感じた。すると、急に突き出した乳房を指でつままれた。

「ああっ」

乳首をつままれてゆっくり揉まれた。膣粘膜を亀頭で刺激され、いやらしい言葉で煽られていたこともあって、乳首の快感が下半身にまで響いた。腰がくねくね動いて、華奢な身体が揺れた。

美咲は才川のほうへお尻を提供するように、さらに突き出す格好になった。

オマ×コをじっと見られているのがわかる。執拗な視線を感じてつらくなってきた。

「おお、小陰唇が……ほら、びよーんとぉ」

そう言って襞びらを指でつまんで引っ張られ、長く伸ばされた。

「ああっ、そんなに引っ張るなんて、だめぇぇ」

伸ばされた小陰唇をねじられ、変形させられた。

「ひぃン」

小陰唇だって感じてしまう。襞びらを二枚とも左右に引っ張られて膣穴を開陳させせられた。

そのピンクの穴へ指がヌニュッと入ってきた。

「は、入るぅ！　あぁあああうぅっ……」

美咲は腰をガクガクと痙攣させた。敏感な膣の入り口が指の幅に広がった。

「あうぁぁ、ゆ、指が太いぃ」

少女の膣には大人の指は思ったより太く感じられた。刺激で膣口がキュッと締まり、その太い指を締めつけてしまう。それがまた刺激になってつらいような快感に見舞われた。

眉間に少女らしくない皺を寄せて、また後ろを振り返った。

「何その顔、眉ひそめちゃって」

じっと顔を見つめられた。大人の女の懊悩《おうのう》を表すような顔の表情を見せてしまい、才川をさらに興奮させていく。肉棒を勃起させてしまう。

「エッチな粘液でねっとりじゃないか」

愛液の濡れを咎《とが》められ、指で肉芽をこねられた。

才川は興奮しているのか、指で擦る力が強くなった。

「い、痛ぃぃ」

痛がると才川は「そうか」と頷き、指は引っ込めた。だが後ろを見た美咲の眼に移ったのは才川が割れ目に舌を伸ばしてくる姿だった。

「あはぁう……くぅぅぅっ……」

ベタッと大陰唇全体に舌をつけて舐めたあと、ちょっと舌に力を入れたようで、硬くなった舌先が恥裂内部に入った。敏感な粘膜をチロチロ細かく舐められていく。

膣穴に舌を入れてくすぐられた。肉芽にも舌先が襲ってきた。

「あひぃっ……そこぉ……だ、だめぇぇっ！」

舌で舐める愛撫は激しく感じてしまう。両手の親指でグッと大陰唇を開いておいて徹底して舐めてくる。イカせようとしていることがわかった。

ビクンと腰に引き攣れが来てお尻が上がり、膣口、肛門がポカッと口を開けた。

「ぐふふふ」

お尻の向こうから不気味な笑い声が聞こえて、ネチャッ、ピチュッといういやらしい音まで耳に入った。

秘部全体がこれまで感じたことのない強い快感に襲われた。

「舐めるのは……ああっ、だめぇっ。イクッ、イグゥッ！　イクイクゥーッ！」

美咲は急激に絶頂へと昇りつめていった。

「むお、まあ、外イキは舌で舐めるのが一番だろうな。でも中イキでもイクかな?」

気になることを言われた。外とか中とかいうのって、何だろう?

イッたあとのちょっとした微睡を感じていると、またいやらしい愛撫が始まりそうで狼狽《うろた》えてしまう。

「指を入れてと……」

才川の人差し指がまた膣に入ってきた。

「ああっ、痛ぁーい」

「大丈夫、処女膜は破れない」

指の第二関節まで膣に入った。第二関節の大きいところが入ると痛みが強かった。

「曲げてぇ、むふふ、ここかな、Gスポットは」

指を強く曲げられて、膣壁の上のほうを圧迫された。

「あぁーう、だめぇぇーっ!」

Gスポットというのは何のことかわからなかったが、指先で押されたところがキュンと特に快感が強くて特別な箇所だと感じた。

「クリトリスの神経は膣のほうにも伸びていて、クリで外イキ、膣で中イキってね……」

「あぁうっ、そこ、いやぁぁ、あうぅぅぅーん」

Gスポットと言われた部分をグリグリと擦られた。

「ここだね、美咲ちゃんの牝のツボは……」

「うわぁ、いやぁっ……あぁあああっ、来るぅ。だめぇぇぇーっ！」

「命中したか、Gスポットに」

「ひぃぃ、か、感じるぅ」

「だから、命中か。×学生の雌の快感スポットに」

「め、命中してますぅ」

美咲が哀切な快感の声を発した。指一本でGスポットをゆっくり単調に繰り返し揉み込まれ、刺激されつづけた。

美咲は快感で悩乱し、四つん這いが崩れて顔を横に向けてベッドに伏せた。

何とか顔と肘で身体を支えて、そのGスポットを抉られるまま耐えていると、才川は肉芽とGスポットを両手の指で同時に押して揉み込んできた。グリグリ揉まれて内と外からつらいほど感じさせられていく。

「あぁン、イ、イクッ、ひぐぅぅ……それ以上、だめぇぇっ……はうーっ、イッ、イクッ、イクゥゥウーッ！」

指一本での執拗なGスポット刺激と肉芽の摩擦で、美咲は身体が痙攣するくらいの強いアクメに達した。おびただしい量の膣粘液を溢れさせてわななき、華奢な身体をくねり悶えさせた。

ベッドに突っ伏して「あへぇ」と淫らな喘ぎを漏らし、涎まで垂らした。まだ大股開きのまま俯せが続いている。

指が抜けていったあと、愛液がねっちょりと肉穴から出てきて、大陰唇、小陰唇がヌラヌラの卑猥な状態を晒していた。

「やっぱり、×学生の少女は抜群だ」

恥辱に満ちたオルガズムを見て言われ、美咲はその言葉で大人の男の邪悪さを思い知った。言葉の端に他の少女にも手を出しているような気もして嫌なものを感じた。

「わたし、本当のこと言うわ」

イキまくってひと息ついた美咲はふと、これまで受けてきた猥褻な行為をあけすけに話してしまいたいような衝動にかられた。

「本当のことって、何だ？」

美咲が唐突にそう言ったからか、才川は顔色がわずかだが青ざめるように変わった。

「クラスの男の子とそのお兄さん、それからバレエ教室の人とエッチなことしてるの」

「へー」

ぼそっと言うが、無表情に近くなって、やや驚いているのを隠しているように見えた。

「今はもうしてないわ。クラスの子には、ちょっとパンツ見せたりするけど……」

美咲は悠真のことに触れたあと、彼ら三人とのこれまでのいきさつをすべて才川に打ち明けた。

すると才川にいやらしい子を見るような蔑《さげす》む眼で見られた。それは確かに恥ずかしいし、子供なりに屈辱も感じたが、逆に正直に話して開放的な気持ちにもなった。

「そんないけない子は、むふふ、先生のギンギン勃ちのおチ×ポの肉棒を、まずはパクッとお口で咥えてもらうぞ」

そう言って、跳ね躍るような勃起を口に咥えさせようとした。

美咲は眼の前に怒ったように大きい男根が迫ると、さすがに「あっ」と声をあげて狼狽えた。

「そ、それ、フェラチオでしょ。学校で友だちから聞いたことあるわ。みんな進んでるの」

フェラチオという行為があることはクラスの女子の猥談で知っていた。

「いや、×学生の猥談は塾の生徒を見ても思うんだけど、早熟の結果ではなくて幼児化のせいだと思うよ」

美咲の言葉は才川にすぐ返された。ひょっとするとそうかもしれないと思うがよくわからない。でも友だちの下品さについていけないことがしょっちゅうだから何となく頷けた。

まもなく手で持った肉棒が顔に接近してきた。ちょっと寄り目になって亀頭を見てしまう。

愛らしい赤い唇に、ぐにゅっと押しつけられた。

「あむぐぅ……」

自然に口を開くと、すかさず口内深く入れられた。

美咲は眼を白黒させて声をくぐもらせ、大人の勃起を味わいはじめた。眼は黒いヘアをまた寄り目になって見ている。

唇が感じてしまい、うっとり感も味わって思わず涙が頬を伝った。

数回肉棒を出し入れされて、ヌポッと抜かれた。

「女の子は癖で舌を尖らせて自分の唇を舐めるだろ。あれはおチ×ポを舐めて勃起させるためのある種の本能的な行動だね。さあ、ペロペロ舐めてごらん。自分でも興奮して感じるようになるから」

「あーう、そんなのって、いやぁぁ」

才川の言葉の真偽はわからない。でもざわざわと心の襞を揺さぶられた。

ペニスを舐めるのも嫌ではなかった。男のペニスを直《じか》に感じすぎるくらい感じて悩ましくなり、心が乱れに乱れた。

そして恐るおそる舌を伸ばして、才川のビンッと起った肉棒の先端、つまり亀頭を舌でペロペロとすばやく舐めはじめた。

「おうむっ……いいぞぉ、気持ちいい。もっとだ、もっとベロンと」

「あぁ、わたし、な、舐めるわ」

美咲は大人の勃起ペニスがピクピク感じて上下する様を目と鼻の先に見て、興奮のあまりジュルッと愛液が分泌した。

「ぐふふ、さっき言ってた三人といっしょに、美咲ちゃんを可愛がってやりたいなぁ。5Pだ」

冗談だとわかるが、おチ×ポをしゃぶりながらおぞましくなる。フッ、フッと鼻息も荒くなって、また愛液がねっとりと恥裂から会陰まで流れ出てくるのを感じた。

美咲はときどきゲホゲホと咳き込みながら、ピン起ちの肉棒をお口で舐めしゃぶり、口内で脈動を感じて「はふぅン」と快感の鼻声を披露した。

やがてズポッと、口から肉棒を抜かれた。

「かなり前のことだけど、少女に痴漢したことがあるんだ」

才川が異常なことを言いはじめた。やはりほかの子にも手を出していた。美咲は絶句する。

「少女の狼狽える姿はいいよねえ。美咲ちゃんより少し小さい子だった。お尻を撫で回して割れ目までいじってやった」

「痴漢なんて、しちゃいやぁ」

美咲は悲痛な声で叫んでいた。電車やバスで痴漢された経験があったのだ。才川が言ったのと同じで、お尻を撫でられただけでなく割れ目もしつこくいじられた。快感はそれほどでもないが、気持ちの上で興奮度が高かった。嫌なのに感じて恥裂が濡れてしまったことを覚えている。

ふと思い出したのはあのときの痴漢も嫌がる顔を見て悦んでいたのかもしれないということだった。触って楽しいだけじゃなくて表情で面白がるいやらしさが憎いのだが、痴漢でもちゃんと才川先生みたいに頭がよくていやらしい表現ができるなら、これからだって認めてしまうかもしれない。そんなM的な気持ちになっている。

大人はわたしみたいな少女の羞恥や嫌がりが好きなんだと思うと恐い気もするが、性的にもやもやと萌えてくる。

「とにかく、馬鹿は少女をイタズラしていじめる楽しさがわからない。ほとんどのやつは一生ロリータもSMもわからないまま終わる。そういうのは特にくだらないことでストレスが溜まってだめになりやすい」

才川は美咲の唾がついた肉棒を手で拭《ぬぐ》っている。妙な理屈は美咲には本当にそう言えるかどうかなんてわからない。ただ自己中心的な論理は才川の性格をよく表していて、そういう面を持つ才川を美咲はかえって好きになりそうだった。

「僕は全然頑張っていない。余裕で塾の先生やってるよ」

美咲は何が言いたいのか、頭がいいとでも言いたいのか、よくわからなかった。

「僕はね、美咲ちゃんとこんな関係になっちゃったから、異常な性格だと思う。でも、その異常性格のおかげで、きっと有意義な人生を送ることができると思ってるんだ」

「そ、そんな考え方、聞いたことない」

「どす黒いことがいっぱいある世の中で、自分らしく思いっきり生きていきたいよ」

「どす黒いのは先生の性格だわ」

「はっはっは」

美咲がつい本音を口にすると、才川は声をあげて笑った。そしてゴホンと誤魔化すような咳をした。

塾教師の知的で真面目な面と、少女に性的なイタズラをする面の才川の二重人格は美咲の心をしっかりと捉えた。

(わたし、親も学校の先生も苦手。才川先生がいい。少女にイタズラするどす黒い性格を妙な理屈で正当化して……あぁ、そんな先生が好き!)

フェラチオで感じさせられ、いやらしい話や妙な自己正当化の理屈で幻惑された美咲は、快感と興奮の中で何をされてもかまわないような気持ちに傾いていた。

「お風呂に入ろう」

言われてドキリとした。

手を引かれバスルームに入れられた。

ベッドでセックスかと思ったら、バスルームに入ることになった。美咲はそこで犯されるんだと覚悟した。

シャワーのやや熱い湯をザーッと身体にかけられた。冷房でちょっと冷えていた身体がゾクゾクッとして鳥肌立った。

そんな美咲の様子をニンマリ笑って見ていた才川が、股間に下から噴水のようにして湯の放射を浴びせてきた。

「ああっ、それ、き、効くぅ！」

美咲は居ても立ってもいられないような種類の快感に襲われた。

「ははは、効くってか。何がだ」

シャワーの勢いのいい細い湯を当てられていく。

「あぁン、あう、はうーっ」

これまで快感が昂《たかぶ》っていたところにさらなる鋭い快感が重なって、美咲はつま先立ちになった。

「壁に両手をついて、お尻をこっちに突き出してごらん」

才川に求められて、そのとおりにすると、自然に腰が反って肉づきのいいお尻を上げてしまった。

お尻を手のひらでぐるぐる撫で回されて、そのあとバチンと一回平手で叩かれた。

「ああっ、痛ぁーい」

思わず反らせていた腰が戻り、お尻を振った。お尻を叩くのが単に痛いことするためではないことはわかっている。美咲は叩かれたお尻を振り返ってちょっと顔をほころばせた。

「むふふふ」

また才川にお尻を撫で回された。

美咲はシャワーの湯をさっきのように割れ目にかけられると思って、そこが覗けるようにわざと腰をグッと後ろの才川に向けて反らせた。お尻をこれ見よがしに才川の前に提供する格好になった。

「ふふふ、そんなに尻を上げなくてもいい」

才川に笑い混じりの声で言われた。

「まだほんの少女なのに、立ちバックが好きか?」

立位で股間に手を入れられた。後ろから指がすっと肉芽まで伸びて、そこを中心に膣まで愛撫された。

手で撫でられても感じるが、シャワーのほうがずっと快感が強かった。美咲の喘ぎ声でそれがわかったのか、才川はシャワーの温度を調節して、再び湯を恥裂にザーッと当ててきた。

「あぁ、熱いぃ」

今度は熱くて悲鳴をあげた。

「ちょっと熱いくらいがいいんじゃない」

自分で恥裂にかけるときはたいてい温《ぬる》いお湯だったが、やや熱いお湯にされて才川が言うようにかえって刺激になって感じてしまった。

「こんなふうに、シャワーでオナニーするんだろ？」

言い当てられた美咲はもう誤魔化すこともせずに、無言で頷いた。才川に甘えるような眼差しになっている。

「あったかいシャワーだと、血流がさかんになって快感も大きくなる。イキやすいんだ」

美咲は自分でやっていたシャワーオナニーが特に感じるのはそういう理由もあるのかと思った。

ただそんなことより、膣と肉芽に細く強いシャワーの湯が当たりつづけて快感が急上昇している。口が開いてしまって「ああーっ」という快感の声が止まらない。

いよいよ絶頂が近づいてきた。

「くはぁっ、いやっ、あうぐ、はぅ、はふぅぅぅぅーん！」

恥ずかしくわななないて、ピンク色が浮いた肌の、桃のような丸いヒップを二回三回と才川に向けて突き出した。

クイッ、クイッと膣が締まる。美咲はあっという間に昇りつめて達していった。

またバチンと愛らしい尻をぶたれ、さらに幼膣への湯の放射を続行された。

「ま、まだ、するのぉ？」

「むふ、ふふふふ」

後ろから才川の笑い声が聞こえてくる。

シャワーで少女の性感帯を感じさせられていく。

「あ、あああっ、ま、また、イクゥ！」

美咲はまたしてもバスルームに淫らな声を響かせた。

「ガバッと脚を開け！」

命令口調で言われ、心に突き刺さってくる。さらに脚を開くと下からシャワーの湯をかけられた。

「だ、だめぇぇぇ」

ガクガクッと、腰から下が震える。

「うほほ、小陰唇がプルプル震えてる」

「やーん、言わないでぇ。そこ、感じるぅ、お、終わりがないからぁ」

涙声になる美咲だが、才川はその襞びらを指で開いてきた。美咲は眼をカッと見開いて首を振った。

快感で突起した肉芽に熱いシャワーをかけられていく。

「あひぃっ……そこ、だめぇっ！　しちゃいやーっ！」

最も敏感な少女の肉突起を攻撃されて、美咲はひとたまりもなかった。再び鋭い快感が脳天へと急上昇した。

「あぁあああぁン、ああっ、イクッ、あはぁン……ひぐ、イクイクゥーッ！」

弾けて出てきた肉芽と幼膣にシャワーの湯の放射を浴びて快感に悶絶し、腰をガクガク痙攣させた。感じすぎて涙が溢れ、再び絶頂に達していった。

反り返って痛くなった腰が弛んで、プルッとお尻のお肉が揺れる。下半身の力が抜けて、その場にへなへなと座り込んでしまった。

肩や背中を押されて濡れた床の上に俯せに寝かされた。

「むふふ、股を開くんだ。百八十度だ」

「えーっ？」

まだ続けようとしている。もう身体は起こさずに、首だけひねってキラキラ光る涙目で才川を見上げた。

「あぁう、こ、これ以上続けられたらぁ」

「続けられたら、どうなる？」

「やーん、感じすぎて、おかしくなるぅ」

「恥ずかしい淫らなマゾ牝少女になっていけ」

「うあぁ……」

美咲は快感と才川の責めてくる言葉で脳内が蕩けてくる。少女の秘口がポカァと開いて、ちょっとギザギザして見えるサーモンピンクの襞が覗けてきた。

美咲は胡乱な眼差しのまま、求められたとおりバレエで柔軟になった股関節を百八十度に開いた。

「おおー、いい格好になった。ロリータのすごい眺めだ」

後ろからじっくりとシャワーの湯を当てられていく。

「あうーん、ロ、ロリータって……あぁ、いやぁ……あ、あはぁあン、か、感じるぅ。やぁあああああーん」

美咲は変な呼び方はされたくなかったが、そんな言葉による耳からの刺激も快感に結びついて、再び可愛い喘ぎ声をあげて悶えはじめた。

シャワーの湯は近くからも遠くからも当てられて、何度も繰り返し絶頂に達していった。

果ててしまって、床に身を投げ出して伏せていると、才川がバスルームから出ていった。

美咲はハァハァと喘ぎ、涎まで垂らして絶頂感の余韻に浸っていた。

「ほら、寝てないで立つんだ。もう一度エッチなお尻を先生に向けてごらん」

いったんバスルームから出ていた才川が戻ってきた。

言われるまま立ち上がって壁に両手をつき、お尻を後ろの才川に差し出した。

すると尻たぶを親指と人差し指で、いやらしく大きく拡げられた。

「ええっ」

何をされるのか俄《にわ》かに不安になった。肛門のすぼまりが口を開けそうになっている。

慌てて首をひねってお尻のほうを見ると、才川が何か手に持っているのが見えた。

十センチくらいの棒のようなものだが、それはブランとわずかに揺れて柔らかそうに見えた。

棒の先端を肛門に当てられた。

「ああっ、な、何するのぉ？」

肛門の小穴にヌニュッと入ってくる。気持ちが悪く、それでいて快感もある。ムズムズする感覚に襲われた。

先端が入って、才川はいったん手で握り直したようだったが、すぐ力を入れて押し込んできた。

プリプリした感触のいやらしい棒が、ヌニュルッ——と、体内に闖入《ちんにゅう》してきた。

「やぁぁぁぁーん！」

その挿入感は情けなくなるような、嫌な快感をともなっていた。初めて経験する直腸内への異物の侵入だった。

「アナル棒だよ。奥までそーれぇ」

「だ、だめぇーっ」

そのアナル棒というぐにゅぐにゅした柔軟に曲がる妙な感触の淫具は、才川の指でさらにグッと押されて、とうとう美咲の体内に完全に押し込まれてしまった。

「あぁン、いやぁーん、入れちゃいやぁぁ。抜いてぇ！」

直腸でギュッと締めてしまう。アナル棒の異物感を味わっていく。お尻の穴に挿入するいやらしい玩具があるなんて、美咲は想像したこともなかった。

振り返ると、二本目を入れられそうになっていた。

「それ、もうやだぁーっ！」

美咲はお尻をブルッ、ブルッと二回大きく振って、いやらしい棒を振りきろうとした。

「ぐふふふふ」

今までにないどす黒い笑い声が背後から響いてくる。おぞましさで鳥肌立った。

「ンァァ……あはぁン！」

喘ぎ声が切なげに鼻腔に響いた。

振りきれなかった二本目のアナル棒が、セピア色の皺穴にズプズプと挿入されていく。

お尻の穴に才川が興味を持って、そんな変態のようなことしてくるとは思っていなかった。

美咲は百四十六センチの白い裸身を固く強張らせた。

最後に挿入の刺激による反射で括約筋をキュッと締めてアナル棒を呑み込んだ。そのあと美咲はわっと泣き出してしまった。

第六章　淫美なアナル開発

美咲が肛門へのアナル棒の挿入で泣き出したので、才川も焦ったようだった。エロ責めもすぐ終わってくれた。

ある程度覚悟していたのはペニスの挿入であって、お尻の穴への異物の挿入ではなかった。

美咲が泣きやむと、才川は親に図書館で勉強すると言ったのならと、塾と学校の宿題をするのを手伝ってくれた。

才川の部屋をあとにすると、美咲は念のため図書館にも行ってみた。行かないと親に嘘をつくことになるし、図書館のことで何か訊《き》かれたとき、答え方でばれるかもしれない。不安になって自習室にも入り、わずかな時間を過ごして家へ帰った。

翌日の月曜になって、才川から美咲の携帯に着信があった。

「来週の日曜日も来てね。同じように図書館に行くとか言って。むふふ、もう一度アナル棒を味わってごらん。あと一本あるんだ……」

「ええっ、三本も入れるのぉ」

二本ヌニュルッと肛門内に入れられた美咲は、さらにもう一本入れられたら、お尻の中がいっぱいになって、たまらない気持ちになると思った。

「美咲ちゃんの直腸に三本ちゃんと入るよ。アナル棒細いから」

「あぁ、わたしわかってるわ……お尻に変なもの入れておいて、女の子の、あ、穴に先生のを入れるつもりなんでしょう？」

「何だって？　ふっふっふ」

才川の黒い笑い声が聞こえてきた。美咲はお尻をアナル棒でいっぱいにしておいて犯す醍醐味を味わう企みを感じていた。

「先生の大きいから、絶対痛いわ」

「ぐふふ、その痛いのを乗り越えて大人になっていくんだ」

「大人にぃ？　やーん、まだわたし×年生だもん」

「おお、いいねえ、絶対しちゃいけないこと、するの大興奮だよ。ズボッとね」

才川は野放図に言ってくる。美咲もいやらしいことを言われるのがわかっていながら、電話ならかなり正直になれた。

「あぁ、だめぇ、もう行かないわ」

「いや、美咲ちゃんは来るよ。だって、美咲ちゃんがそれを望んでるから。セックスを」

「の、望んでないわ。わたし、行かないっ」

美咲はきっぱりと言いきった。ズバリ指摘されて反発ではないが、恐さと羞恥心のせいで思わずそう言っていた。

「いや、きっと来る。美咲ちゃんはまた勝負パンツ穿いて、もっと淫らなショートパンツとか、超ミニとか、透けすけとか穿いて、先生のところに来るよ」

「あぁ……」

美咲は才川に勝手に決めつけられても、結局否定できなかった。

(いやぁ、興奮させようと思って、いろんなこと考えて言ってくるぅ)

美咲は卑猥な性のイジメをされて感じてしまう。それをとっくに見抜かれていると思った。

「待ってるよ、今度の日曜日。むふ、むふふふ……」

才川は美咲が来ることが当たり前のように言ってくる。笑いが何か美咲の心を見抜いているぞと言っているようだった。

美咲はそのいやらしい笑い声を聞きながら、手が股間にすっと入っていった。

美咲は電話があった日にも塾の授業に出た。才川に会うのが恥ずかしく、また楽しみでもあった。

こんなことがばれずにいつまでも続いてほしいが、何かまずいことが起こりそうな気もする。それに今度才川のところに行けば必ず最後までされてしまう。セックスされることになる。

勃起したおチ×ポの大きさを見て知っているから、あれを入れられると絶対痛いとわかる。その痛みを乗り越えて大人になるんだと才川に言われたが、本当に男の勝手な考えに思える。それでも何か魔法にかかったように才川のもとに行ってしまいそうな自分がいる。

才川は電話で勝負パンツともっと淫らなショーツと言っていた。そう言えばあのスーパーで売られていたショートパンツには濃いピンクの一分丈があった。すそはやや切れ込んで、ショーツの形に近かったのを覚えている。それにジュニア用ではないがTバックもあった。大人用でSサイズだった。

美咲は日曜になると、また前回と同じように親に図書館の自習室に行くと言って、才川のマンションに向かった。今日はちょっとおませなホルターネックのキャミソールを着て、下は親に見られていたので、普通のすそ丈のミニスカートを穿いた。

電車の中で美咲はすでに軽い興奮状態にあった。自虐的な気持ちが萌えてきた。降りた駅から歩いて才川の部屋へ行く途中、やっぱり一分丈のものを買おうと気持ちが高揚してきた。美咲は以前光沢のあるひもパンティを買った大型スーパーへ引き返した。

美咲は前に見たことのあるピンクのショートパンツを見つけた。ショッキングピンクでちょっと気が引けるが、思いきって穿いていくことにした。

ふと悠真の兄にＤＶＤで見せられたジュニアアイドルがＴバックを穿いていたのを思い出した。前に見たブルーのＴバックショーツもあったのでレジに持っていった。

美咲はトイレに入って穿いてきたスカートとショーツを脱ぎ、ショートパンツとＴバックに穿き替えた。スカートとショーツはショルダーバッグに入れた。

ショートパンツはすそが切れ込んで角度がついているのと色がショッキングピンクという派手なものだったが、さらにローライズで材質も異なっていた。ストレッチ素材なので密着感が悩ましい。

トイレの大きな鏡で映してみた。

（やぁン、パンティと同じ形だわ。Tバックの線も見えちゃってる）

薄い生地なのでTバックショーツのラインが見事に浮き出ている。お尻のほうを触ってもコリッとしたその線がはっきりわかる。

ローライズの股上だからウエストのボタンをかけると、きついフィット感があってショートパンツの中心が尻溝に深く挟み込まれてしまった。

柔らかい生地が丸いお尻に完璧にフィットしている。左右の尻たぶが二つの大きな桃のようになって見えた。

「あぁ、恥ずかしいわ……」

パンティのように見えるショートパンツはトイレの外に出るのが恐くなるほど。下着を二枚穿いているようなものだった。結局才川の言うとおり淫らなショートパンツ姿になった。

美咲は深呼吸してから、何とか気にしない平気な顔をしてトイレを出た。

スーパーを出てスタスタ歩いていく。

（今、わたし、すごく恥ずかしいことしてる……）

セクシーなショートパンツもだが、才川に穿いているTバックを見られたら、しかも来る途中買って穿き替えたことがわかったら、どう思われるだろう。想像するだけで赤面するが、妖しい期待感も持ってしまう。

才川の住んでいるマンションまでまだかなり距離があった。何人もの人とすれ違い、そのたび特に男性にはじっとショートパンツを見られた。

笑ったりはされなかったが、無表情の視線に射られて羞恥にかられ、思わず伏し目がちになった。

ピンクの薄い生地にくっきり出ているのは、Tバックのすそラインである。その線は急角度で、羞恥心をくすぐられる快感を味わいながら才川のマンションへ向かった。

ショートパンツは前の部分に張りついて、股間の起伏の複雑でエロな形を露呈させている。

ピンクの柔らかい生地のショートパンツの下に青いTバックが透けて妖しい色合いになっていた。

(あぁ、だめぇ、アソコがぁ……)

ショートパンツが食い込んでいるのは尻溝だけではなかった。前の縫い目が割れ目に食い込んで、そのスジの両側に大陰唇の膨らみがムリムリッと形を表している。

その恥ずかしい少女の陰部の輪郭を通行人の男がジロリと見ていった。この前もショートパンツが割れ目に食い込んだが、今回ははるかにそれが深かった。

子供が穿いてはいけない過激なショートパンツと卑猥なTバックショーツである。

今まで感じたことのない露出の羞恥と快感を味わっている。

恥ずかしい行為への期待感で愛液が滲み出してきた。

花びらが開いて、ローライズショートパンツの縫い目がさらにきつく食い込んだ。

やがて閑散とした公園のそばを通りかかった。前回来たときはその公園でショートパンツに着替えた。

（あぁ、雲梯《うんてい》があるわ……）

アーチ形の雲梯を見て、もやもやと恥ずかしい行為が頭に浮かんできた。ビデオで見せられたジュニアアイドルの少女たちが公園の雲梯に摑まるシーンを真似してみようと思ったのだ。

公園には人がまばらに三人いて、一人は中学生くらいに見える男の子で、ほか二人は大人だった。

美咲はキョロキョロと公園の中を見回して、まだ彼らが自分を気にしていないことがわかると、雲梯にぶら下がった。

両脚を上げて前の鉄棒にかけた。脚をやや開いてしばらくその格好のままでいた。

どうも遠くにいた中学生と思われる男の子が自分を見ているようだった。

手が疲れてきてストンと地面に足をついたが、もう一つ高いところに摑まって宙ぶらりんになると、また両脚を上げて前の鉄棒に乗せた。

今度は思いきって膝の裏をかけて、お尻が高い位置に来るように持っていった。チラリと男の子のほうを見ると、じっとこっちを見ている姿が目に入った。その子は美咲の股間が見えるほぼ正面に近い位置に移動した。

見られてる――美咲はそれがわかっているのに、しばらくナマケモノのように雲梯にぶら下がったまま自分の姿を晒した。

パンティの形に近いショッキングピンクのストレッチショートパンツのお尻が重力に従ってやや下がり、柔らかい尻たぶが丸みをよけい大きく丸く見せている。

その子はふらっと雲梯に近づいてきて、ちょっとよそ見したりしながらチラチラ美咲のお尻と股間を見ていた。

(あぁ、近いわ。お尻も割れ目の食い込みもバッチリ見られてる)

ちょっと恐くなって、雲梯から下りた。

「何してるの?」

美咲がドキドキしながら公園を出ようとすると、後ろから声をかけられた。それを無視して公園から出ると、足早に才川のマンションへ向かって歩いていった。

（今度こそ、セックスされちゃう……）

美咲はそれを覚悟し、期待もしていた。

今日はもう触られるだけでは終わらない。

（アナル棒なんて恥ずかしいものをお尻の穴に入れられちゃう。そして犯される）

美咲は才川との関係を続けていきたかったが、それにはどうしても無理やりの挿入は避けられないと覚悟していた。

やがて公園からそう遠くない才川のマンションが見えてきた。

やっぱり男の人の大きなものを入れられるのは恐い。そして今日はその覚悟をして才川のもとへやってきた。

玄関のドアチャイムを押すと、すぐ才川が出てきた。

「ははは、先生が言ったとおり、すごいの穿いてきたね。何そのショートパンツ、まるでパンティじゃない」

才川にも即座にその形を言われた。後ろを向かされて、

「ピッチリ貼りついて、お尻の形も完璧に出てる」

と、お尻をポンと叩かれた。

「あぁ、先生がそそのかしたから」

「子供用だよね、こういうのもあるんだ。でもよくこんなエロいショートパンツ穿いて歩いてきたね」

「これ、人にいっぱい見られて、興奮しちゃった」

美咲は恥ずかしいショートパンツを見られたことで快感だったことを正直に吐露した。

部屋に入れられた美咲は腰に手を回されて、じっくり吟味するように才川にお尻や前を触られた。

「Tバックだね……」

お尻を見ていた才川が手で尻溝から上のほうへすっと撫で上げた。ショートパンツに浮いているTバックのすそラインを手で触って確かめている。

「よく親が穿かせてくれたね。文句言われなかったかい？」

「家を出るときは別のを穿いてたの。途中で買ったのよ」

「へー、穿き替えたのか。それ持ってるんだろ。ショルダーバッグに入れてるの？」

美咲は脱いだスカートとショーツをバッグから出した。

途中でわざわざTバックとショートパンツに穿き替えたことがわかると、才川は目つきが違ってきた。ニタリと笑う好色な眼差しで見られて、美咲は身体の芯にキュンと来てしまう。

「むふふ、Tバック見せてごらん」

才川の手がすっとショートパンツに伸びてきた。ホックを外そうとするが硬くてなかなか外せない。

「自分でするわ」

美咲は赤面しながらもショートパンツを脱いでいった。

「おお、出てきた。美咲ちゃんはお尻が丸くて大きいから、Tバックはほんとによく似合うね。このまーるいお尻がブルンと丸ごと露出して、裸同然だな」

才川の言うとおり完璧なTバックショーツだから、左右の尻たぶはほぼ全体が露出していた。

「この丸々とした大きな尻と、くびれたウエストの線が大人だねぇ」

背後に立った才川をちょっと振り返り、手を少しお尻のほうに回してひたすら恥じらう。

「横から見ると、子供離れしていてボンと飛び出しているのがわかるよ。くびれたウエストからグッと張り出したムッチリしたお尻までのS字カーブに特徴があるよね。

こんなセクシーな身体の線の少女っていないなあ」

そのウエストからヒップへのS字カーブを手ですっと撫で下されて、プリプリしたお尻をまーるく撫でられた。

「あと一年で百パーセントでき上がるけどね、でも今の時点でもすごいよ。子供ではまずいない」

美咲は細い胴からお尻を通って太腿まで両手で撫で回された。

「そういうふうにするのは、いやぁン」

じっくり味わおうとするように両手で身体を撫でられると、性感帯を刺激されそうでゾクッとする。

美咲は身体をくねらせて嫌がるが、才川にそのまん丸い桃のようなお尻を指でギュッと押された。柔らかい尻たぶが凹んでいく。

美咲は「だめぇっ」と鋭く声が漏れて、腰をひねった。お尻の筋肉を指先でぐりぐり揉まれて感じさせられた。

お尻を狙われているようで、また尻たぶを指で突くようにして押された。嫌がってても、お尻の穴と割れ目の深いところに指が引っかかって、そこが開くように強く尻たぶを摑まれた。

「とにかくこのお尻は念入りに撫で回して、よーくお尻の穴を開いて、そして女の子の割れ目のところもパックリ開いていくよ」

「そんなこと、だめぇぇ」

「撫でまくってマッサージすると、むふふ、トローッとアソコが濡れてくるはずさ。そしたら、百八十度の完全な大股開きになってもらう」

「いやっ、先生のどスケベ」

美咲は才川の故意に恥じらわせようという意図を悟って、小さな手でお尻を隠そうとした。だが、その手を摑まれて離され、ギュッ、ギュッと豊かなお尻を揉まれた。

「このムチムチした太腿から、ズルッと両手で撫で上げていくとぉ」

まだお尻にこだわられて、力を入れてブルッ、ブルッと二回両手で大きく腿からお尻まで撫で上げられた。

Tバックのすそに指を入れられそうになると、美咲は慌てて腰をひねって逃れた。また手を摑まれて、Tバックの上からだがお尻の穴を人差し指でブスリと突かれた。

「ひゃあン！」

一瞬つま先立った。美咲は狼狽えて才川の手を叩く真似をした。

「この可愛いお尻は抜群だ。クッと上がってぜんぜん垂れてない。普通の大人はよほど綺麗じゃないとかなわないね。可愛くていやらしい子だ」

そう言われて、美咲は悲しくもなるが、だんだんマゾっぽく興奮してきている。

首をひねって後ろを振り返り自分のお尻を見て確かめようとしたが、確認するまでもなく自分のお尻がポッコリとまん丸く飛び出しているのは百も承知だ。

やはり男から今までずっと見られてきたように才川にもいやらしい目で堪能されてしまう。

Tバックによって大陰唇がピッタリと覆われている。クロッチの幅がちょうど大陰唇だけ隠していて、楕円の膨らみが卑猥だった。

「美咲ちゃんのオマ×コはね、よーく見るとわかるけれど、大人の大陰唇がその股間の中で占める割合と、美咲ちゃんの大陰唇がお股の中で締める割合を比べるとね、美咲ちゃんの大陰唇のほうが大人より大きいんだ」

そう言って、クロッチの膨らみをそっと手で撫でてきた。

「やーん、触るのぉ。だめぇ、だ、大陰唇が大きいとか、そんなことわからないでしょ」

「いや、きっと大きいんだよ、オマ×コが。だからエッチなんだ。やられたがってて。あとでじっくり見てたっぷりいじくり回して、最後はズボッと」

「ああっ」

指先を膨らみのちょうど淫穴の辺りに命中させてきた。そこにペニスを挿入するという暗示だった。

そして才川は目つきが急に妖しくなってズボンのベルトに手をかけた。

何をする気だろうと思って見ていると、ズボンをさっさと脱ぎ捨てて、ブリーフの穴から自分のモノを露出させた。

肉棒はビンッと勃っていた。

「あぅ、な、何？　どうするのぉ？」

さすがに目の前に生の勃起が迫ると、プンと臭いがするし、ブックリ膨らんだ亀頭が本当に卑猥で、迫ってくる肉棒の雰囲気が凶暴だった。挿入されるのが目の前にあるおチ×ポだと考えると、覚悟はしていても、その大きさで挿入の恐さが身に迫ってくる。

美咲は床に座らされた。横座りだったが、正座をさせられた。美咲は才川の目的にピンと来るものがあった。

才川がヒクヒク動く勃起を手で持って、美咲の顔にペンペンと叩きつけてきた。

「いやぁっ！」

美咲は思わず顔を背けた。

才川はもう一度肉棒を美咲の頬に叩きつけて、亀頭を唇にゆっくり這わせるように接触させてきた。

「あーう、だめぇっ……」

しっかり口を閉じて眼もつぶるが、ヌニュッと赤い小さな唇に亀頭が押し当てられて左右に動かされると、海綿体の不気味な感触で声が甘ったるく震えてしまった。

いきり勃《た》った肉棒は美咲のうなじにも押しつけられた。先っぽを擦りつけてきて、どうやらヌルッとした液が出たようで、それが線になって首になしりつけられた。

「やぁぁぁーん」

美咲が哀切な響きの声を披露すると、またもや唇に亀頭が押し当てられた。

「むほぉっ」

才川が感じたような声を漏らしたので、美咲はプルッと首を振った。肉棒は外れていったが、唇におチ×ポの液がついてしまった。

「先生はわざといやらしくしてイジメてるぅ」

美咲はそう嘆いて涙ぐんだ。自分の勃起の大きさと少女の顔の大きさの比較をわからせようとしていると思った。わざと変態的にやって楽しんでもいる。

ただ、そんな才川の大人の好色さが結局美咲にとっても被虐的な興奮につながった。

「あぁう、せ、先生ぇ……」

切なげな声を出して、どこか甘えるように胡乱《うろん》な目をしてしばらく才川を見つめた。

「フェラチオしかないよね」

才川はそう言うと、ビンッと起った肉棒をまた美咲の口に接近させてきた。

今度はくっつけるだけではない。顎をつままれて押され口を開けるように促《うなが》された。

「あぅ、お口に入れるのぉ？」

「だからフェラチオだよ。前に一度やったよね」

美咲はその目くるめくお口でのチ×ポのおしゃぶりを思い出した。

才川はブリーフを脱ぎ捨てると肉棒を手で持って、亀頭を美咲の開きかけた口に含ませた。

「ふぐむぅ……」

美咲はもう抵抗せずに、膨張した亀頭を口でパクッと咥えた。

勃起がズブズブと口内深く侵入してきた。亀頭海綿体のプリプリ感と肉棒の胴のゴツゴツ感を味わう。

「ジュッと吸ってぇ……お口の中で舐める……」

誘導されて素直に従った。肉棒はゆっくり抽送されはじめた。

ジュポッ、チュッ、ジュボッ……。

フェラチオの音で美咲は悩ましくなるが、才川は手を離して腰だけ動かして出し入れしてくるので、思わず右手で肉棒の胴の部分を摑んだ。求められていないのに、左手はちょっと玉に近いところの毛が生えた部分をくすぐるようにいじっていく。

肉棒は出し入れされるたび、真ん中より根元のほうまで口の中に入ってきた。思わず嚥下《えんげ》すると、舌の根っこの部分が亀頭をグッと押し上げて上顎にくっつけて圧迫した。才川がピクンと反応する。

「うぐむぅ……ふうぅぅぅーん……」

美咲は呻《うめ》きながら、先生のおチ×ポを今感じさせちゃった……と、顔を赤らめる。

才川が抽送を止めると、美咲はおチ×ポを唇でギュッと締めて顔を前後動させていく。才川に頭を抱《かか》え込まれて逃れられない状態で、ズッポ、ズッポとお口の奉仕を続けた。

やがて才川は美咲の頭を抱える必要はないと思ったのか、摑むのをやめた。美咲は自分で「うンむぅ」と鼻声で喘いで、愛しい勃起ペニスを舐めしゃぶった。

ギンギンにいきり勃った肉棒は美咲の前でピクン、ピクンと上下動を繰り返していた。

「おぉ、じゃあ、バスルームに……」

「うわぁ」

才川の言葉で、美咲はビクンと身体が震えた。バスルームに入るということはこの前の続きで、宣告どおりだとすればアナル棒を三本も肛門に入れられて、その上で犯される――もうそれは避けられない。

美咲はバスルームへ手を引かれて入れられた。

壁に両手をつかされると、お尻が才川のほうにボンと出る格好になった。

「お尻がまん丸くて、後ろに突き出して……そんなエッチなお尻には、お股のところチ×ポが嵌《はま》っていくよ」

「えっ？」

背後の才川の動きが気になった。ちょっと後ろを振り返ると、才川は腰を屈《かが》め、美咲に合わせて肉棒の位置を低くしていた。

股ぐらにおチ×ポをスポッと入れられて、素股になった。

美咲は才川がやりやすいようにつま先で立った。

「そうそう、ちょっと高くなった」

股間の位置がやや高くなって、才川が肉棒を出し入れしはじめた。

「ビラッとしたのを感じるぞ」

おチ×ポの背でわたしの襞ひだを感じたのね……。美咲も才川の肉棒の硬さを恥裂で感じ取った。

背後から才川がベタッと身体をくっつけてきて、美咲はうなじにチュッとキスをされ、舌で舐め上げられた。

「い、いやぁぁ……」

ゾクッと怖気が振って肌が粟立った。それでも本心はそんなに嫌ではなく、身を縮こまらせつつも、才川がピストンしてくる肉棒の先っぽが恥骨の下に出てきたとき、指でつまんでみた。

「おお、いいぞぉ……美咲ちゃんの指と割れ目をチ×ポで感じる」

「うあぁ、こんなのって、す、すごいぃ」

「うなじと耳を、むおぉ、舐めなめしてやる」

「あン、い、いやぁン……」

美咲は指で才川の亀頭をつまんで揉みながら、敏感なうなじをネロネロ舐められていく。快感で少女の幼穴が濡れてギュッと締まった。

「ほーら、感じてきた」

膣が締まって愛液が出ていることを才川に悟られている。興奮度がこれまで以上に高いが、それは直接感じる快感のせいだけでなく、才川のやり方のえげつなさにも原因があった。

後ろから両手を胸に回されて、乳首を撫でられ、つままれた。

「ああっ、か、感じちゃう！」

クリトリスを肉棒の背で擦られ、乳首も玩弄された美咲は、全身の性感帯に反応して急な昂《たかぶ》りを見せた。

徐々に興奮の度を深めてきた美咲は、それを悟られたのか才川のほうを向かされて、手で持った肉棒を見せられた。

「ほら、見てごらん、これが亀頭のえらで、美咲ちゃんの膣の中をズリズリッと掻き出すんだよ」

「ええっ、掻き出すぅ……い、いやぁ……」

屹立したペニスを見せられて説明された美咲は、そのえらが張った亀頭が自分の性器の内部で暴れ回る様子を想像してしまった。

「両手をこう後ろに回して、自分でお尻の割れ目をガバッと開いて」

「あぁう、こ、こんなこと恥ずかしいっ」

「そう、そうやってもっとぐっと大きく開いて、もっともっと。ふふふ、オマ×コがよく見えてきた」

美咲は自分の手で尻たぶを開いたところを才川にカメラで撮られた。

「写真をバッチリ撮ったぞ」

わかっているのに、わざわざ口に出して言う。そんなふうにして恥じらわせようとしている。

「ほーら、今、力が入ったよね。膣の穴がぐちょっと締まって動いた」

美咲の膣穴が口を閉じてまた開いた。

「無防備のバックポーズだな」

無防備と言われてビクッと腰に震えが来た。

後ろで肉棒を嵌め込もうとしている気配がする。でも恐くて振り返れない。

「ふふふ、立ちバックでそんなにお尻を上げてると……」

肉棒が侵入しようと狙っている。美咲はそれがわかる。前に言われていた「立ちバック」という言葉を思い出した。

「女の子は後ろから見られたら、隠せないよね。オマ×コを守ることはできないんだ」

「ああっ！」

指で膣口をプッシュされて、どこを隠せないと言ったのかわかった。

迫ってくる気配があって振り返ったら、その途端亀頭が尻たぶをズルッと滑っていって、大陰唇に当たった。

（ああっ、入ってくる！）

狼狽えてお尻を振ると「こらぁ」と言われて、手で腰骨を摑まれてちょっと痛かった。まもなく膣口に亀頭がぐいと押し当てられた。

身体が硬直しながらもお尻の穴も膣も随意筋でギュッと締めた。その瞬間ズブズブッと、勃起した肉棒をついに幼膣に挿入された。

「あぎゃあぁああああーっ！」

膣を激痛と異常な拡張感が襲った。

美咲は泣きながらのけ反って下半身を痙攣させた。身体は硬直してほとんど動かせない。

その状態で肉棒を激しく出し入れされていく。

後ろからズコッ、ズコッとリズムを打って、思いきり突き上げてくる。根元近くまで肉棒が嵌《はま》って子宮が破れそうな気がした。

立ちバックで、身体が上に伸び上がってつま先立ち、それでも下から突き上げられて身体が宙に浮きそうな気持ちになった。

「あンぅぅぅーン！」

はしたなく悲しい声を響かせる。死にたくなるほど穴が拡がって、膣奥がペニスの先端で押し上げられた。

「むおぉ、つかえてる……でも、伸びるぞぉ」

才川に言われたとおり、膣が伸びて膣底が押し上げられていく。子宮が変形しそうなおぞましさを感じた。

才川の腰が尻たぶに当たるパコン、パコンという衝突音が恥ずかしい。

音を立てるバックからの勃起ペニスの突きで、尻たぶが波打っているの。それは美咲から見えなくてもわかる。才川は体位を楽しもうとしていた。

「はぐぅ、やン、あぁおン！」

リズムを打つようにどうしても鼻にかかる喘ぎ声をあげてしまう。

「あン、あンおぉぉ、あぅうっ……」

大人の女のような声をあげた。恥辱の体位に代えて楽しもうとしていることが本当に心に響いてくる。

「美咲ちゃんからもお尻を押しつけて、先生のチ×ポを迎え撃ってごらん。すごいよ」

「うわ、そんなの恐い」

「恐くないから、ズボッと。破れたりしないから。ははは」

恐かったが、美咲は言われるとおり、自らお尻を才川の硬く勃起した肉棒へと押しつけていった。

「あひぃぃっ」

淫らな声をあげてしまう。

「自分で押しつけたら嵌り方が速くなって、すごく深いからいいぞ」

子宮で感じる才川の亀頭のぐにゅぐにゅとした手ごたえは、硬いとも柔らかいとも言える微妙な弾力だった。子宮と膣の底の部分に異様ないやらしい感触でめり込んでくる。

ペニスの抽送が速度を上げてくる。さっき見せられた亀頭のえらによって幼膣の襞を掻き出される感触を味わった。

「あぁ、わかるぅ……先生のおチ×ポの先のグッと張ったところ、わたしのアソコの、あ、穴の中を掻き出してるぅ！」

ズボズボと繰り返し抽送されて、おチ×ポによる膣肉摩擦の快感が高まった。

「あうーん！」

瞬間的に頭のてっぺんに、可愛くも卑猥な鼻声を響かせた。

美咲は右手をタイルの壁について、左手をその嵌め犯されていく膣穴のところまで自然に伸ばしていった。

ピストンされる硬い肉棒が指先に触れた。

太いものがズコズコと嵌って、飛沫が散った。

「いや、いやぁーっ」

いやとしか声が出なくなって、そのあとぐっと息を呑んで刹那《せつな》、気を失いかけた。

美咲はハアハアと息咳く調子で何とか立っている。

肉棒のピストンが続いていたが、その激しい抽送が止まった。

「あうぅ……」

美咲ははっとして、動きを止めた背後の才川を意識した。

才川が腰を引く。

美咲の体内に根元まで嵌った太い勃起が、ズルッと抜けていった。

「あはぁうぅっ！」

極太のペニスが小さな少女の肉袋から抜けていく刺激で、美咲は半開きの口から哀切な喘ぎ声を漏らした。

下半身に力が入らず、へなへなして少し腰を落としていると、才川がバスルームから出ていった。

しばらくして、才川は大きなガラスの器と細長い箱を持って戻ってきた。

何かの液体が入ったガラスの器に、スケルトンの細い棒が五本入れてあった。

「いやぁ、それ、アナル棒！」

前回二本入れられたものより長いもので、十五センチくらいあった。

「五本も……全部入れる気ぃ？　電話では三本って言ったわ」

「ふふふ、美咲ちゃん、まず三本入れてみて、まだいけるようだったら、五本全部入れちゃおう」

「いやぁぁ、セ、セックスは、もうしてもいいの。でも、アナル棒なんていう大人の玩具は、子供のわたしにしちゃだめぇぇ」

「おお、でもね、小児の膣内や直腸内の異物挿入の例がたくさん報告されているよ」

「えっ、何？」

「膣だと取れなくなって子宮にまで挟まっていたりするんだ。円筒状のプラスチック、乾電池、ボールペンのキャップ、ビー玉……」

「あぅ、何なの？　わたし、しないわ」

「いやいや、女の子だから気分がマゾ的になってきて、オナニーでやってしまうかもしれないよ。先生はこれからときどき美咲ちゃんの膣や肛門の中を検査することにしたんだ」

「えーっ、だめぇ、そんなことぉ。恥ずかしいっ」

才川が器の中から妙な液に浸かったアナル棒を一本取った。

振り返ると、アナル棒がお尻の穴に迫ってくるのが見えた。

「やーん」

恐怖と狼狽《ろうばい》の声をあげた。

肛門にトンと先が当たったと思ったら、ヌニュッと挿入された。

「あぁあああーうっ！」

肛門と腸壁に刺激を感じたが、先がドリルの形をしたアナル棒を入れられて穴奥の拡張感とキューンと来るおぞましい刺激に悩まされはじめた。

肛門に異物が入ってきて、その感覚は快感と興奮をもたらした。

「だ、だめぇぇぇ……」

「ガラスのそれに入ってる液、何なのぉ？」

美咲が不安な眼をして訊いた。

「浣腸液だ。グリセリンを薄めたものだよ。ぐふふふ」

「か、浣腸ぉ。やだぁぁ」

そんなものを用意していたなんて、才川のことがさらに恐くなる。だが、お尻の中まで嬲《なぶ》られて、もうどうなってもいいような捨て鉢な思いになっていく。

「せ、先生は、しょ、×学生の女の子をいじめて支配するのが好きなのね」

「支配したいんじゃなくて、可愛がりたいだけ」

「あンはぁうっ！」

鼻にかかる可愛い声を披露する。また一本ズプッと肛門に挿入された。

アナル棒をズブズブ二本挿入された。ここまでは前回と同じ二本だが、ちょっと長さが違う。そして浣腸液が付いていて、早くも腸壁に染みてキューンと感じてきている。

美咲はブルブルッとお尻を震わせ、肛門を絞り込み、その締まった可愛い皺穴を才川に面白そうにグイグイとと数回指で拡げられて揶揄《からか》われた。

「うンあぁっ、やだぁぁ、もうそこをいじめるのはやめてーっ！」

溜まっていた心の叫びが哀切な抵抗の声になって唇を震わせた。

才川は三本目を一気に挿入しようとしたが、途中で入らずに止まった。

棒がつかえたようだった。指を肛門に入れられて、グッ、グッと下へ押された。

「ひぐぅぅ……」

肛門内部のアナル棒の位置を変えられて、その快感で身悶え悩乱する。

「ちょっと空いたぞ」

そう言って、もう一度入れていく。少し根元の部分が出ていたのを親指で押し込んで挿入された。

「あはぁあン！」

嵌め込まれる強い刺激でのけ反ってしまう。浣腸液の浸潤も効いてきて、美咲は半開きの口から涎が垂れた。

「あと二本だ」

「ひぃ、もうだめぇぇ、入らないっ」

細い棒だが、十五センチほどあってかなり長い。それを三本も挿入されて美咲の直腸はつらいほど膨らんでいる。

アナル棒を四本目、五本目と、次々にお尻の穴に挿入された。

「うンはぁあっ、だめぇぇぇ、あンぁあああぁーっ！」

美咲はアナル棒挿入のたまらない快感にわなないて、お尻がビクン、ビクンと弾み上がった。

泣きべそをかく顔になって、腰をくねり悶えさせる。

「これで尻の中はいっぱいになったな。ぐふふふ、それでは美咲ちゃんのオマ×コに先生の肉棒を嵌めるよ」

「ええっ」

後ろからゆるふわボブの髪を掴まれ、バックから勃起した肉棒を挿入された。

「ふぎゃあうぅぅぅっ！　あぁ、髪掴むのいやぁぁ」

ブックリ膨らんだ亀頭が、美咲の子宮口にグニュッと押し当てられた。美咲は何とか振り返り、犯してくる才川を涙目で見て許しを乞うように首を振った。

バスルームの壁に淫らな啼き声を響かせていく。

「お、お尻の中のもの、抜いてぇ！　お願いぃ……」

肉棒のピストンが繰り返されていく。美咲は強い排泄欲に襲われ、痛みと快感でのけ反りながらまた許しを乞うた。

「むほぉ、チ×ポに隙間なく吸いついてる。少女の蛸壺《たこつぼ》が吸い上げてくる」

おぞましい声が背後から聞こえてきた。美咲は膣壁全体で才川の勃起ペニスを感じ取っている。包み込んでクイクイ締めつけていく。

アナル棒五本挿入によって膨満した直腸のせいで膣が圧迫されて狭くなり、そこへ大人の太い勃起が挿入された。狭隘《きょうあい》な幼膣を押し開く凶暴な肉棒に美咲は心底啼《な》き悶えるしかなかった。

ひとしきり美咲をいじめた大人の勃起ペニスだが、体内でビクンと跳ねたあとズルッと抜けていった。

肉棒の抽送が中断されたので、美咲は何か起こりそうな気配を感じた。

才川を振り返ると、ガラスの器とともに持ってきた細長い箱から何か取り出していた。

大きなガラス製浣腸器だった。

「いやぁ、浣腸なんてだめぇっ！」

美咲は浣腸器でガラスの器の中の液体を吸い上げる才川を見て、金切り声をあげた。

「三百ｃｃ入りだよ」

才川はニンマリ笑って美咲の背後に立った。

浣腸器の嘴管が美咲のセピア色の皺穴に迫ってきた。

「やーん、しないでぇ。浣腸なんて、聞いてないわ」

美咲は眦《まなじり》を裂いて後ろの才川を振り返る。

「むほほほ、聞いてないことが起るものなんだよ、大人と少女の間では」

浣腸器の嘴管は美咲の肛門へ無慈悲にブスリと挿入された。

浣腸器のピストンが一気に押されていく。

「だめぇぇぇーっ!」

腸内にピュ—ッと勢いよく浣腸された。

五本もアナル棒を挿入されていっぱいになっているところへ、グリセリン液を三百ccも浣腸されてしまった。美咲の直腸はあっという間に許容量を超えて、膨満感ではち切れそうになった。

「アヌス栓というものがあるんだ。これでお尻に栓をして……うん? アナル棒が出てきてるじゃないか」

美咲はお尻の穴からアナル棒が一本出かかっているのを感じていた。それほど五本の挿入は多すぎたし、浣腸三百ccは異常だったのだ。

その出かかっているアナル棒は才川によって指で押し込まれた。さらにゴロッとした大きなプラスチックの円錐形の栓が肛門に強引に挿入されはじめた。

「ぎゃあうっ、だめぇっ、入らないぃ、切れるぅ！」

アナル棒挿入で広がっていた肛門がさらに大きく割り拡げられていく。

「そーれぇ」

「ひンぎゃあぁあああああーっ！」

硬質なアヌス栓がズコッと肛門の肉輪を拡げて内部に収まった。

美咲は惨く肛門に栓をされた。顔を濡れたタイルの床につけて自然に腰が反り返り、お尻を天井に向けてしまう。美咲は強い排泄欲をアヌス栓で堰《せ》き止められた。

「もうだめぇ、死ぬぅ、出させてぇ！」

「いや、種付けしてからだ。美咲ちゃんも電話で言ってたね、アナル棒をお尻の中に入れておいてセックスするつもりだろうって。ご希望どおりハメハメしてあげる。でもその前に……」

円錐形のアヌス栓の丸いつまみを握って大きく動かされた。

「あひぃい、それ、しちゃだめぇえ！」

啼き悶え、脳内モルヒネが溢れてくる。

直腸内で浣腸液が猖獗《しょうけつ》を極め、美咲は大きな桃尻をグルンと回してくねらせた。激しい排泄欲を眉を歪めて耐え、身体を硬直させる。全身固まったかと思うと、ビクンと下半身が跳ね起きた。

「栓を抜いてぇ、お願いぃ！」

我慢の限界を超えて、美咲は叫んでいた。

「ドバッと出ちゃうよ、いろんなものが。動画に撮るぞ。いいのか？」

「は、はい。出させてぇ……」

美咲は才川が言うことはわかったが、居ても立ってもいられない腸壁の懊悩に悲鳴を上げる。

「奴隷になるか？」

「ど、奴隷にぃ？」

「嫌なら、一時間でも二時間でもこのまま悶えて、浣腸液を全部吸収してしまえ」

「やだぁ、なりますっ、奴隷になりますぅ！」

奴隷という言葉はすぐには意味がわからなかった。けれども屈服していく。

「これからも命令されたら、どんな恥ずかしいポーズでも取るか？」

「あぁ、はい。恥ずかしいポーズを取りますっ」

「バレエができるから、アソコが開くようなポーズを取れ。百八十度以上の大股開きになって割れ目をパカッと開いて、ピンク色のところをよーく見せるか？」

「見せますっ。股を開いて、ピンクの、オ、オマ×コ……見せるぅ！」

美咲は悩乱のあまり四文字言葉を口走っていた。

「いいぞぉ。美咲ちゃんはサーモンピンクのオマ×コを晒すのが好きなんだな？」

「あうあぁっ、そ、そうですぅ。恥ずかしいアソコ見せるのが好きぃ」

「まだ生理が来てないから、生でドビュッ、ドビュッと中出しして楽しめるな」

「うあぁ、先生ぇ、スケべ、どスケべェ」

アヌス栓で塞がれた肛門にアナル棒と浣腸液が押し寄せ、大きな圧力が生じている。浣腸に服従した美咲は涙の中で、再び幼膣に勃起をねじ込まれた。

「はぁあうぅうっ！」

肉棒は深々と挿入されて、子宮までブッスリと刺さってきたため、衝撃と快感が脳天まで達した。

（種付けって、射精なんだわ！）

異様な言葉の意味はそう解釈するしかなかった。ただ生理が来ていない美咲は妊娠の心配はない。だがそれが安心というより、男の体液を今、お尻に浣腸されたように、膣内に注入されることを思うと、そのおぞましさに膣壁がギュッと締まってくる。総身を震わせた。

そんなおののきの中にある美咲は、腸壁に受ける異常な刺激と膣壁で感じる肉棒の容赦ない抽送によって、百四十六センチの身体をガクガクッと痙攣させている。

「うンあぁあっ、あうぐふぅぅぅぅーっ！」

美咲は積み重なった排泄欲求と幼肉の淫靡な快感で、心の底から悶え、わなないた。

「いやぁ、お、お尻の中がぁ、うンひぃ、おチ×ポ大きいからぁ。あぐあぁぁっ、はうン、あうぅーっ。もう無理ぃ。死んじゃう。だめぇぇぇ……」

悲しい涙声の中に、少女なりの快感と恥辱感のエロ声が溶け込む。

プリプリ張った亀頭海綿体による膣壁への摩擦が激しくなる。ゴツゴツした肉棒の胴が激しい出し入れで膣口を摩擦して痺れさせた。

快感が急激に昂って研ぎ澄まされてきた。

子宮口に亀頭の先端が侵入した。

「うぐっ……あおぉうっ……」

才川の呻き声が美咲の鼓膜を震わせた。

ドビュビュッ！

子宮口で精汁の熱を感じた。

ドビュッ、ドユビュッ、ドビュルッ！

ペニスがズルッと引かれて入り口付近で射精され、突っ込まれて奥の奥でドバッと爆発。またピストンされて亀頭が子宮口と膣底に衝突し、射精された。

「いやぁあン、せ、精液を出されてるぅ！」

子宮に熱いドロドロの白濁液がビチャッとかかったのを感じて、美咲は恥じらいも捨てて叫んでいた。

才川は精汁を出しきったのだろう。「むぐおっ」というおぞましいような呻き声が美咲の耳に入ったあとひと息ついた。

美咲の傷《いた》めつけられた幼膣から肉棒が抜き取られた。

「ははは、穴が開いたままだ」

嗤われて言われた少女の陰部を意識すると、精汁が肉穴から溢れてきて、その情けないような感覚を味わった。

「あーっ」

熱を持った幼膣の口から、牡の液を指でねっとりと掬《すく》われた。

その指を目の前に突きつけられた。

「ほーら、これが精液、美咲ちゃんの穴の奥にいっぱい出たんだよ」

唇にねちょっとなすりつけられた。

「ひぃ、しないでぇ」

黒目がちな瞳から、涙がこぼれた。

中出し射精されて終わったという気分になるが、浣腸で嬲られる悩乱の快感地獄はまだ続いている。

「はあうぅ、栓を……あうぅ、ぬ、抜いてぇ……」

美咲はアヌス栓というおぞましいものをお尻の穴から抜かれたら何が起こるか想像はついていた。ドバッとアナル棒五本と浣腸液、それにひょっとしたら恥ずかしい汚物が飛び出してくる。その恐れは十二分にある。

それでも一刻も早く栓を抜いて、悶える快感と恥辱と懊悩から解放されたかった。

初めて膣内射精された衝撃以上に、浣腸責めと排泄の快感と恥辱は目くるめく被虐の性の嬲りだった。

「あ、あぁああっ……」

肛門の栓をつまんでグッと引っ張られた。

「い、痛くないようにしてぇ！」

「うーん、それは無理かもね」

才川の手が美咲の腰骨辺りをギュッと摑んで押さえてくる。アヌス栓の丸いつまみを握って、力を入れてグイと引かれた。

「ふぎゃあぁあああああーっ！」

ズポッと勢いよく太いプラスチックの栓が抜けていった。

次の瞬間、アナル棒が一本飛び出してきた。さらに二本続けてドッと出て、美咲が恐れていた汚い恥ずかしいものが一気に排泄された。アナル棒は五本すべて浣腸液とともに飛び出して排泄された。

「はぁうあぁ、あ、あぁうぅぅ……」

何も考えられない悩乱と羞恥の修羅場で、総身がブルブルッと震えて鳥肌立った。

美咲は腰が痛いほど反って、お尻が上がりっぱなしになった。そしてガクンと落ちて、左右にブルッ、ブルッと何度もお尻を振った。

美咲は才川によって恥辱のシーンをデジカメで漏れなく撮られていた。

「むふふ、動画で撮れたぞぉ」

才川に死ぬほど恥ずかしい画像を見せられた。

「あうぅ、わたし、×年生ぇ……こんなこと、だめぇぇ……」

美咲はピンクに火照った裸身を身悶えさせて、小声になって力なく悩ましく首を振った。

「先生は、大人として×学生の美咲ちゃんにスゴイことしたって思いだよ。ほら、まだチ×ポが立ってる」

才川が半立ちのペニスを指差して言う。

「うあぁ、もう大きなオチ×チンなんて、見たくないわ……」

美咲は小さな白い手で、荒らされた手負いの幼膣を覆った。

「美咲ちゃん、いい顔になってる。イタズラ被害のあとの呆然とした美少女のエロスだなあ」

異様なことを言われて、美咲は身震いした。熱いシャワーで火照った淫膣を洗われていく。

「あひぃぃいっ……今、熱いのかけられたら、しみるぅ！　だめぇっ、あとで自分で洗うわ」

「美咲ちゃんのハメハメされたピンク色のお子様のマ×コ穴、膣襞が見えてて、ふふふ、シャワーでプルプルッと動いて卑猥だなあ」

「やぁン、そんなふうにするからだわ。卑猥なのは先生だもん。大きなおチ×ポで×

学生のわたしを犯したぁ！」

「いや、美咲ちゃんが自発的にエッチなショートパンツとかTバック穿いてきて……」

「あぁ、それは、電話とかでいろいろエッチな話をされて……そそのかされて……。アナル棒五本もぉ。だめぇっ、か、浣腸はＳＭの変態だからぁ！　あぁう、あぁうぅう……」

ひりひりする幼膣を洗われたあと、美咲は才川からシャワーのヘッドを受け取った。

今日の辱めと性のエロ責めをすべて忘れたい気分で、頭からお湯をザーッとかけた。

羞恥と屈辱と無理やりのおぞましい快感で、再び幼穴から愛液が垂れ漏れてきた。

第七章　超絶3P姦淫

美咲はその後も、才川の部屋でたびたび口にできないような辱めを受けた。

下着を家から何枚も持参させられた。

ビキニ、セミビキニ、女児用、フルバックショーツ。水玉、ボーダー柄、化繊のもの。ショートパンツ型のショーツなどさまざまだった。

口に咥えされられて写真に撮られ、ベッドで犯されるとき、身体の上に何枚も置かれたりした。

縛られ、バイブを使われて、異常なほど感じまくってイカされた。

美咲は持ってきた自分のバレエのレオタードを着せられて、さまざまなポーズを取らされて愛撫されたあと、全裸でバレエのポーズを決めさせられた状態で犯された。

羞恥と屈辱、快感のエロ責めによって涙と愛液をとことん搾《しぼ》り取られた。

美咲はその後も悠真の兄やバレエ教室の学生からの誘いはあった。だが、もう会っていない。

美咲はその二人による性の玩弄を才川と比べていた。悠真の兄の蒼太は快感が及ばなかったし、バレリーナの太田には激しく感じさせられてイカされたが、やはり気持ちが才川に対するほどには入っていけなかった。

才川がからかい半分に言っていた他の三人を入れる乱交を想像して妖しい気持ちにもなるが、バレリーナの太田さんはまだいいとしても、悠真たち兄弟が立場から言ってもまったく才川と合わない気がした。

(今、させるのは才川先生だけ。他の三人は別々に一人ずつやらせちゃうかも……)

彼らとは卒業するときにセックスすることになるのではないかと、ふと思った。

恥ずかしい想像をすると、恥裂が潤んでくる。

大人が少女に絶対してはいけないのが性的なイタズラ。そのイタズラで感じまくってイカされ、子供なのに淫らな牝にされていく。才川以外の三人からはそんなおぞましい恍惚感が得られなかった。

そうするうちやがて学校が夏休みに入った。

一週間経って塾の夏期講習が始まってまもなく、美咲はまた才川に誘われて彼のところへ行ってみた。

ニッコリ笑った才川が玄関に出てきたが、美咲を待っていたのは才川だけではなかった。

「やあ、美咲ちゃん、久しぶり」

「えっ？」

バレエ教室の学生の太田の姿があった。セックスまで行った才川とは違うが、全裸にされて、いじくり回されたその相手が目の前にいる。

才川が綺麗なコーヒーカップに紅茶を淹《い》れて運んできた。

「ミルク入れる？」

と才川に聞かれ、お願いしますと応えた。カップをコトンと小さな音を立ててテーブルに置く間も、太田がじっと見ているので、美咲はその表情から才川とのことをかなり知っているはずだと気づいた。

才川のほうが親密でしかもいやらしいことをたくさんしてきたから、そういう意味で太田は自分のことをどう思っているのか気になった。

「僕が来てもらったんだよ。美咲ちゃんから聞いていたバレエ教室を調べてね。美咲ちゃんが言ってた人、この太田君だって見当がついて訊《き》いてみたら、やっぱりそうだった」

そう言ったとき、才川は美咲に眉をひょいと上げてみせた。美咲は「そ、そうですか」と口ごもった。

美咲は二人がいっしょにいるという状況がまだ信じられない。二人は合わない気がする。緊張しながらお茶を飲んでいたが、二人ともエッチなことは言わないので、かえって不安になってきた。美咲とのことをすでに話しているはずだ。

太田さんはまたバレエやそのポーズにかこつけてエッチなことするのではないかと思うし、才川先生なんてもちろんすぐいやらしい行為をしてくる気がする。

でも、そうなっても仕方がない。エロなことに入っていくタイミングを計っているような気がした。

そう思って二人の顔をキョロキョロ見ていると、才川が机の上の棚からアルバムを出してきた。

「じゃーん」

才川は美咲と太田の前でそのアルバムを開いた。

「だめぇっ！」

開かれたページは美咲の写真だらけだった。撮られた画像はＰＣで開いて見せるのではなくて、プリントにして太田の前で見せられた。だがそのとき太田はそれほど驚いていなかった。すでに見ていると勘でわかった。

（あぅ、いきなり、こういうやり方でくるのね……）

全裸の大股開きがあまりにも恥ずかしい。ほかにもさまざまなエロな画像が披露された。

「ベッドに行こう。そして、３Ｐでやりまくり」

才川があっさりと言ってのけた。太田が「あはは」と軽くだが笑った。美咲は太田に目を細めてちょっと蔑《さげす》むような見られた。美咲はひと言でほぼ観念させられた。

美咲はベッドに上はジュニアスリップで、下はまだ超ミニスカートの姿で横座りになっている。

才川と太田の二人もベッドに上がってきて、三人でベッドが狭くなった。

「あぁ……」

才川に内腿を手で押しのけるようにして開脚を促《うなが》された。

仰向けになった美咲が脚を閉じようとすると、太田と才川に左右の足首を両側から摑まれて強引に開脚させられた。

超ミニのすそを手で押さえて腰をひねるが、太田に「ほーら」と囃《はや》されて、あっけなく大股開きにさせられてしまった。

「だめぇ、そんなに開かないでっ」

涙声をあげても、白い内腿がピンと張って鼠径《そけい》部にくぼみをつくり、惨いほど百八十度近く開脚させられた。

パンティのクロッチの下では小陰唇まで開いてしまい、前からじっと股間を覗かれている。羞恥と屈辱で顎が上がり、身体が切なくのけ反ってしまう。

「い、いやぁ……」

膣粘膜がヌニュルと、滑《ぬめ》り潤んでくる。脚を閉じる気力も失せて触られるままになっていると、才川に乳首が透けて見えているジュニアスリップを脱がされた。

太田の手で小ぶりの乳房を揉みつぶされ、突起した乳首をつまみ上げられていく。

才川には媚肉の干割れを股布の上から数回撫でられたあと、パンティを脚から抜き取られた。

「あン……あぁン……」

まだ超ミニは穿いたままだが、四つん這いのバックポーズにさせられた。

「あっ、だめぇっ……」

後ろからすべてが丸見えになる恥ずかしいポーズにさせられて、背中から尻たぶの頂点までのスロープを両手の指十本でスーッとなぞられた。

美咲はゾクゾクッと感じて、腰を悩ましく振ってしまった。

「そーれぇ」

才川に襞びらをつままれて、大きく三角形に拡がるまで引っ張って伸ばされた。その刺激と快感で腰を反らせて尻高なポーズを取ると、前後の両穴はもちろん肉芽まで晒された。

美咲の後ろに才川と並んで座っている太田が、拳をつくって中指だけ上に向けてピンと伸ばした。恐くなって振り返った美咲にも見えている。

その指が美咲の股間へ槍で突こうとするようにまっすぐ向けられた。

「早くも、ブスリと行く？」

才川の声が聞こえた。

お尻を押さえておこうというのか、横に来た才川に膝で立たれて腰をがっちり摑まれた。美咲は狼狽《うろた》えて、プルプルと可愛くお尻を振った。

「見せたがり、やられたがりの恥ずかしい×学生には……」

才川の声が聞こえた。才川は太田に目配せしたようだ。

直後、太田の長い中指が膣に突き刺さってきた。

「アァアアーッ！」

美咲は半開きになった口から声を漏らした。秘穴を指で貫かれた刺激で括約筋が収縮し、肉壁で太田の指を締めつけてしまった。その締まる状態で太田の指がゆっくりとリズムを打って出し入れされていく。

ズニュ、ニュポ、ズヌルッ……。

（あぁ、ちょっと、爪も当たるぅ）

そんなに痛くはないが、一瞬グリッと強くえぐれて刺激が強かった。

横にいた才川がお尻のほうに回って、太田のすぐそばに座ったので、美咲ははっとしてまた後ろを振り返った。

太田が指を抜くと、才川が人差し指と中指を揃えて膣に侵入させてきた。

「ひぃぃ……い、入れないでぇ」

二本も指をねじり込まれて、痛いのと刺激がキュンと来るのとで、思わず括約筋に力が入った。膣口がすぼまっていく。

挿入された指二本が強く曲げ伸ばしされはじめた。

「あぁっ、指でっ……そ、そんなには！」

いじめるようなえぐり方をされて、美咲は狼狽して顔を起こし、カッと眼を見開いてお尻を見ようとした。股間の向こうにいる才川と目が合った。

才川はニヤリと笑うと、二本は行きすぎだと思ったのか、いったん指を抜いた。だが、すぐに中指一本だけにしてまた膣に挿入してきた。

左右にグリグリと回して指のつけ根で膣口を摩擦しながら、どこまでも深く挿入してきた。

「そんなこと、やぁあーん」

才川の指先は子宮口へ侵入を果たしていた。美咲は刺激で、ビクッ、ビクンと、腰に強い引き攣れを起こし、全身が大きく揺れてくる。悪寒で口が半開きになって、赤い舌がはしたなく出てきた。

「×学生なのに、ここが男のものを咥えたがってる」

卑猥な言い方で揶揄《からか》われ、少女のデリケートな部分を手荒に扱われると、美咲は「いやいや」と首を振りたくりながらも快感に身をゆだねた。

「太田君、二人で同時に指を入れてえぐっていこうよ。正常位にしたほうがやりやすいよ。クリも責めてやってね」

才川は指を抜くと、美咲を仰向けに寝かせ、太田にも指を入れるようにすすめた。

「だめぇっ、二人で入れるなんてぇ！」

美咲は仰向けにされると、才川が指を膣に入れ、太田も才川の指が入った膣へ、自分も強引に指を入れてきた。

「ひぎゃぁああああうぅーっ！」

二人の男の指が同時に淫らな幼膣へ挿入された。

二本の指で膣を横に拡げられた美咲は、その膣の開口感と疼痛で涙ぐんだ。処女喪失からまだそれほど日数が経っていない。幼穴を拡げられた美咲は「痛ぁーい」と口から可愛い声を奏でた。

顔を起こしてみると、醜く笑う才川や太田と目が合った。

先に入れられていた才川の指が子宮口に入りかけて、美咲は「はうっ」と息を呑み、狼狽えてお尻のほうに手を伸ばした。

膣壁の拡張感がたまらなくつらいが、ギュッと締まる括約筋の反射的な抵抗が起こって快感も生じてくる。

「愛液が垂れてきたぞ」

膣が才川の指を締めつけていく。体内の小さな軟体動物が蠢《うごめ》き出した。才川が言うとおり淫膣がヌルヌルしてきて、美咲もハッ、ハッと息を荒くしてしまう。

「あぎゃぁあぁぁ、こ、こんなやり方はいやぁぁ……」

才川と太田は羞恥と屈辱、そして快感と痛みによって飼いならそうとしている。それがわかる美咲である。煩悶《はんもん》し、懊悩が深くなる。自分の現実を見たくない気持ちになって、愛撫される間ずっと眼を閉じたままになった。

喘ぎ声を耐え忍ぶ美咲だが、我慢するとよけい感じてしまうような気がした。快感が深くなってある時点で急激に高まってしまいそうで恐い。無理やり愛撫される恥辱に抗《あらが》っているのに、快感が生じて甘美な思いにも満たされて愛液で濡れていく。

「いつもこんなに愛液が出るんですか？」

太田が才川に訊いた。

美咲はそれを聞いて、違うと首を振った。

「無理やりやられたほうがよけい濡れてしまうということです」

才川の言葉に美咲は反発するが、また首を振るだけで声にならなかった。オナニーでもセックスでも経験したことのない量が今溢れてきている。ずっとこのまま感じさせられていたら、きっと快感に負けてしまう。何も考えられなくなって、イカされてしまう。美咲はそれが恐かった。

二本の指でズプズプと出し入れされていく。やや浅いところに太田の指先が押し当てられた。

(そ、そこは……)

一番感じる箇所を狙われた。Gスポットだとわかった。前に才川に肉芽とGスポットを同時にいじられてイカされたことを思い出した。そのあとつい太田とのことをしゃべってしまったのだ。

指を膣壁の敏感な場所で上へグッと突き立てるように曲げられた。心では快感を拒んでいるのに身体が反応してしまう。

二人の指が大きく曲げ伸ばしされて、Gスポットを含めてその前後の膣壁をグジュッ、グチョッと何度も搔き出された。

「あうう……だ、だめぇっ……あはぁあっ……はぁあうぅぅぅーっ!」

快感の声を我慢していたが、どうしても喘ぎ声が次々重なるように口から出てしまった。のけ反って顎が上がり、ベッドに後頭部を強く押しつけた。快感がいやがうえにも募ってまったく抵抗できなくなってしまった。

「あふぅン」

恥ずかしい快感の溜め息を漏らした。才川と太田にその顔をじっと見られている。

指二本強く曲げられて膣壁を凹ませ、その状態でグリグリとゆっくり揉まれていく。

えぐられると、美咲は押し寄せる快感で腰が揺れに揺れた。つま先に力が入って指がピンと伸びていやらしく開いた。

同時に横から太田の手が伸びてきて、美咲は顔をしかめてその手を警戒する。太田に肉芽の三角包皮を上へ押しめくられた。才川にすすめられたクリトリスへの愛撫が始まった。

剝き出しになった快感のツボは、太田の指で小円を描いてぐりぐりと揉まれはじめた。

「そ、そこ、だめぇぇっ……あ、あああぁーっ、両方なんてぇ、ひぃっ、イクゥ、イクイクゥーーッ！」

幼膣の穴奥を指で掻き回されるのと同時に、肉芽を捏ねつぶされて、腰がビクン、ビクンと大きな痙攣を見せた。

下半身が一瞬ベッドから浮き上がってくる。

「才川さん、クリがピクピク脈を打ってます」

「やぁあン、あン、はぁン！　しないでっ、イグゥ、イクッ、イクゥゥゥーッ！」

美咲は上体を逆海老に反らせて、絶頂快感が脳天を突き抜けていった。

美咲は二人がかりで陰湿な愛撫を受け、心ならずも起こった膣の発情は夥《おびただ》しい愛液の分泌をもたらした。

終始眉間に皺を寄せて、丸い綺麗な眉をきつく怒ったように歪め、快感を噛みしめた。性感帯を玩弄されると、悲しいかな少女の身体の奥深いところで淫らな虫が蠢き出した。無理やりの行為でも牝の証《あかし》が露《あらわ》となって愛液が溢れてしまった。

美咲は才川たちの視線を浴びて、逃れられない快感の蟻地獄に落ちていった。

「あは、うふ、あぁうっ……」

恥ずかしい吐息混じりの喘ぎを尻を振りながら披露している。息が荒く、肉の割れ目と粘膜を晒して哀切に喘ぐ。

ピクッ、ピクッと、鋭く股間が前後に動いた。

(あぁ、また、いっぱい出ちゃう!)

自分の感触で膣が愛液まみれのヌラヌラになっているのがわかる。小陰唇がさらに充血して膨らんでいることも感じていた。

「スケべな赤いオマ×コだなあ」

才川にいやらしく罵《ののし》られながら、クリトリスを指で玩弄されて軽くイキかけた。太田が股間のすぐ前で見ている。美咲は羞恥と屈辱の中で身体をくねらせつづけた。

女は心でどんなに拒んでも、性の蕾を邪悪な指で捉えられたら、萌えてくる。ただ、美咲は膣や陰核の快感だけで官能の昂《たかぶ》りに入っていったのではない。快感に抗《あらが》うことがつらすぎて自ら受け入れるしかなくなり、そのとき男へ嫌悪感を抱くのではなく、自己嫌悪を感じた。羞恥と屈辱の中で無理やり与えられた快感に嬌声をあげ、被虐の歓びに負けてしまった。

美咲は才川によって、再び四つん這いにさせられた。

才川がズボンのジッパーを下した。ブリーフの穴から勃起をつまんで出していく。

背後を振り返った美咲の目に、手で自分の肉棒を握っている才川の姿が映った。

「あぁ、い、いやぁ……」

膨張した肉棒を柔らかい尻たぶに押しつけられた。亀頭が尻の脂肪を凹ませて少しもぐり、力が入ってブルッと跳ねた。

さらに肉棒を握った手を上下に動かして、亀頭でザクロ割れした淫裂を繰り返し撫でられた。これから何をされるか悟らせてくる。

「あ、あぁ……だ、だめぇ……」

美咲は小陰唇のビラビラの間で張りきった亀頭を感じた。カウパー液をなすりつけられてぞっとしたが、敏感になった身体が悪寒と快感で震え出した。

まだ手で肉棒を持って、グルリ、グルリと蜜壺の入り口とその周囲を撫でて玩弄してくる。亀頭の張りと体温を媚肉ではっきりと感じた。秘唇内部へ何往復も擦りつけられたあと、亀頭が淫膣のとば口に着地した。

(来るっ……)

不安な目の色を映して虚空《こくう》を見つめる。美咲は硬く張った亀頭を感じて、刹那覚悟したが、強欲な肉棒はまだ侵入してこない。

「いやぁ……」

両手の親指で、尻たぶの真ん中をくわっと開かれた。

そんなやり方は、嫌いっ——そう叫びたくなるほど、淫膣へ今肉棒を挿入するというスタンバイ状態で、肛門を開く行為を嗜虐的に行われた。

膣口で亀頭を感じた直後「それっ」というかけ声とともに、肉棒を根元まで一気に嵌め込まれた。

「はぁうあぁン、うわぁあぁぁーうっ!」

四つん這いの美咲は顔を起こして前を向き、背をのけ反らせた。憎い剛棒が幼肉の入り口を嫌というほど拡げて、膣壁を押し分け、深く侵入してきた。

「ズボッと入りましたね」

太田に弓なりに反った腰を手で撫でられた。

言われたとおり、おぞましい肉棒が美咲の秘奥まで嵌り込んでいた。子宮で亀頭の嫌な圧迫を受けている。

「おうぅ、は、入った……」

才川の満足そうな呻《うめ》きを聞かされた。美咲がまた後ろを振り返ると、その脂下《やにさ》がった顔をした才川と目が合った。

肉厚な尻たぶを変形するまで強く鷲摑みにされて、ズルズルと肉棒が後退した。亀頭まで出かかって止まり、硬化した肉棒で胎内をズンッと、突き上げられた。

「ひゃあうっ……そういうふうに、しないでっ！」

面白そうに勢いをつけて、また一気に奥まで嵌め込まれた。相好《そうごう》を崩してニンマリ悦に入る才川が憎い。亀頭をグイと子宮口に押しつけられたかと思うと、肉棒がすばやく後退して、カリ高の亀頭でグジュルッと、音が聞こえてきそうなほど膣襞を搔き上げられた。

美咲は口がアーッと叫ぶ形にはしたなく開いて、眼差しはとろんとしてけだるくなってしまう。

俯いていると、また才川の肉棒が最奥まで入ってきて、衝撃で眼を見開いて顔を上げた。腰が繰り返しお尻にドン、ドンと当たって、柔らかい尻たぶの山が波打った。

「そ、そんなに強くは、だめぇっ！」

顎が上がって口は開いたままである。どうしても「あぁあン！」と情けないほど妙な声が出てしまう。いやらしく楽しまれ、涙が出てくるのに感じてしまう。

やがて肉棒を嵌め込まれるピッチが上がって、出し入れがせわしなくなってきた。

「はうあうっ、あぁうっ……あぁン……はぁあああーうっ！」

雌肉が悶え感じて、恥ずかしいわななきを披露していく。膣で反射的に肉棒をクイクイ締めてしまい、心に甘い被虐感が芽生えてくる。生白い肢体をくねらせて嬌声をあげつづけ、羞恥の涙が溢れてきた。

「ほら、ほらぁ。やっぱりバックは手ごたえがあっていい」

肉棒の抽送が繰り返されていく。やがて「むぐっ」と異様な声が聞こえて射精されるのではと、美咲はおののいたが、急に才川の腰の動きが止まった。膣内から、ズルッと、肉棒が抜かれるのを感じた。

「まだだ、まだ出さないぞ。またあとでだ……。太田君、どうぞ」

才川は肉交を太田と交替しようとした。美咲は一気に射精までやり抜かれるのも嫌だが、我慢してあとにとっておくような溜めるやり方にはかえってぞっとした。

美咲は四つん這いからまた仰向けにさせられた。太田に膝小僧を手で押して開脚を促され、少し脚を開いてしまうと、両手の親指で恥裂を両側にぐっと押された。

「だめぇっ」

皺のある花びらが左右に開いた。肉棒の抽送のせいで赤味が濃くなった膣が暗い洞窟を覗かせている。見られたくない——そう願う気持ちも虚しく、太田の顔が股間に迫って、いやらしい舌が膣口へ伸びてきた。

「あっ、そこぉ、い、いやぁっ……はうーっ！」

舌先でチロチロ舐められると、鳥肌が立つほど感じてしまった。

膣口をくすぐる舌は力を入れて尖らせているようで、美咲は首を振って嫌がるが、快感で悶絶しそうになっている。身体をくねくね悶えさせていく。

「ゆ、許してぇ……あっ、ああっ、やーん……」

ペロペロとオマ×コ舐められながら、上目で顔を見上げられて、いかにも下品ないやらしさを感じた。感じてたまらず腰を反らし、お尻がぐっと上がったりする。

襞びらを容赦なく開いた親指が今度は、肉芽の細長い三角包皮を押さえて、その皮を剝き上げた。

「ひいっ！」

敏感なピンクの肉真珠が包皮から淫らに爆《は》ぜて出てきた。すでに感じて突起していた肉芽を、舌先でチロチロ舐められていく。

(そ、それをされたら……わたし……だめぇっ)

痺れるような快感で身体をよじると、横から才川の手が乳房に伸びてきて、感じる小さな脂肪肉を握りつぶされた。

ツンとなった乳首もつまみ上げられていく。

「はぁあうーっ、そ、そこ、やぁン!」

美咲は乳首とクリトリスを同時にこねくり回されていく。

感じさせられて首を振りたくる。艶々したゆるふわボブの黒髪が乱れて周囲にフェミニンな匂いを漂わせた。

「ひいっ……」

太田に両脚を肩に担がれて、まんぐり返しの格好に持っていかれた。

えげつなく楽しもうとしている——それがわかる美咲は凍《こご》える視線を虚空《こくう》に放ち、無言のいやっという口の開きを見せる。顔のほうへ身体を倒してきて、前からのしかかられた。

「あうぁあああっ!」

淫膣に肉棒がぶっすりと貫通した。

「むほぉ！」

太田はまたゆっくり腰を上げて肉棒をズルズル引き上げていく。ヌラリと光る愛液まみれの肉棒が生々しく姿を現し、亀頭まで出てきて、ひと呼吸置いた。自分の肉棒が嵌ったところを睨むように見ている。美咲も左右の襞びらの間に出かかっている大田の亀頭をこわごわ見ていた。

すると、力をためて上から体重を預けるようにして、またのしかかられた。腰を落下させてきたので、ズンッと、深く挿入された。

「あぎゃうぅーっ！」

またもや亀頭が子宮口に衝突した。さっき才川にやられたおチ×ポの嵌め方と同じだった。

「おお、すごい。深くまで入ったでしょうね」

才川が笑って言うとおり、亀頭で子宮口がつぶされていた。

「あぐぁあああーっ、いやぁっ、あぅ、はうぅン！」

まんぐり返しの体位を楽しまれながら、男の体重をかけられて上から太棒を落とされ、膣を突き破られた。快感もだが、その屈辱感と上からつぶされていく重圧感、無抵抗感に苛《さいな》まれて屈服していく。

すでに愛液がビチャッと音がして溢れている。二本目の肉棒を幼膣で咥え込んでいる。犯されているのに女の本能で膣括約筋に力が入って、抽送される肉棒をギュギュッと締めてしまった。

「うほ、おうっ……」

太田は息を荒くさせながら、一気呵成《かせい》にまんぐり返しで責めてくる。恥辱を味わわせようというのか、上から美咲の表情を見ようと顔を近づけてきて目も合わせてくるので、美咲は鋭く横を向いて顔を背けてしまった。

やがて肉棒が抜かれ、美咲は荷物でもひっくり返すように身体を裏返しにされた。俯せのバックポーズを取らされた美咲は、腿と腿を完全に閉じ合わせていたが、太田に脚のつけ根にできた大きな楕円の隙間から肉棒を差し込まれた。

「やぁあっ！　いやーっ……」

閉じていた大陰唇、小陰唇の間に亀頭が入ってきた。そのおぞましい感触で俯せバックポーズの悲しさを悟った。美咲とて脚を閉じただけで防げると思っていたわけではないが、いとも簡単に膣への挿入を許してしまった。

太田は美咲の体側《たいそく》に両手をついて自分の身体を支え、肉棒を抽送させてきた。

「ひゃぁっ、ああ、だめぇっ、いやっ、いやぁぁーっ」

ピストンされるたび、衝撃で美咲の豊かな尻肉が波打った。

「おお、こういうのも、けっこう猥褻だな」

才川が面白そうに眼を見張っている。

「そうですね。俯せというのは上からのしかかられて、逃げられない感じがありますね」

才川と太田が話すの聞かされながら、太田に肉棒を打ち込まれて、尻の脂肪の柔肉が波打っていく。

俯せでも顔は横向きだったが、才川に顔にかかっていた髪を背中のほうにのけられた。顔がよく見えるようにされて、二人に犯され顔を面白そうに見られるのは恥ずかしかった。

ズボッ、ズボッと、太田によって肉棒の抽送が繰り返されていく。快感で膣が締まって、肉棒の太さやゴツゴツ感を膣壁で如実《にょじつ》に感じている。

「ほら、俯せなのに、腰だけぐっと反ってきてるじゃない」

才川が言うとおり、快感で悶えつつその状態が持続して太田の肉棒が嵌りやすくなっていた。

美咲はバックから挿入されつづけたあと、側位にされた。体勢が少し崩れて斜めに傾いた格好で太田はズンズン入ってきた。側位だが深く挿入されて、やがてもう一度四つん這いに移行した。もちろん秘部が丸見え状態になって、淫靡な肉の窪みを狙い撃ちされた。

「あひぃっ、も、もう……」

やめてと言おうとして言葉が続かなかった。勃起を体内にずっぽりと挿入されて、お尻のほうから激しくピストンされはじめると、小さな乳房もプルッと揺れた。

（このまま、さ、されたら……またイカされちゃう！）

美咲は恐れるが、心理的にもはや絶頂感を拒否はできない状態だった。

二人がかりでわたしのような齢《とし》の子を犯すなんて、大人が絶対してはいけないことなのに、どスケベな欲望に応えてしまう自分がいる。絶頂を待つしかないなんて、マゾな興奮を感じちゃってる――美咲は自分自身が恐くなった。

四つん這いポーズで犯される美咲の肢体に、二人の両手が同時に伸びてきた。

「ああっ、やめてぇ」

背中を撫でていた手が胸に回って、乳房を下からギュッと握りつぶしてくる。乳首を引っ張られた。

太田にはうなじから耳までそろりそろりと指先でなぞられ、愛撫された。二人の男から同時に玩弄されると、快感というより苦しいような刺激を感じてくねり悶えてしまう。

才川が横から美咲の身体の下にもぐって寝そべり、顔を乳房の下に置いて仰向けに寝た。何をしようとしているのかはわかる。

乳首を口に含まれ、舌でネロネロ舐められながら強く吸われた。

「あン、そんなのぉ、い、いやぁン！　あぁあああーん！」

キュンとくる乳首快感は下半身にまで響いた。太田の肉棒で子宮まで犯されて激しく感じているのに、左右の乳首を交互にしゃぶられ吸われていく。子宮も収縮し、膣壁が情けなくなるほど太田の肉棒を絞り込んで、愛液がジュクッと恥ずかしく溢れ出した。

（ああーっ！　お、お尻の……穴までっ……）

太田の指が美咲のセピア色の小穴をいじりはじめた。星形の皺を爪で掻かれて、眼差しが凍えてくる。

「ンヒッ──」

無造作にブスリと挿入された。

「おっ、キュッと締めてくるぞぉ」

「やぁあああーん！」

指を第二関節までヌニュッと入れられて、意地悪く曲げたり伸ばしたりされていく。粘膜を刺激されて切なげな声を奏でてしまう。

美咲は二人の好色な男に愛撫玩弄され、肉棒を挿入抽送されて、快感で気が狂いそうになった。

「才川さん、二人でフェラをさせてみませんか」

「おお、いいですね」

好色漢二人はぞっとすることを口にした。美咲は漲《みなぎ》る勃起を誇らしげに手で持って迫ってくる二人を戦々恐々として見ていた。

美咲は身体を起こされてベッドの上にしゃがんだ。

才川と太田に左右に立たれると、ピンピン勃ちの二本の肉棒が、顔の両側から同時にヌイッと威嚇するように眼前へ突き出された。美咲は羞恥して視線を逸らした。

「ど、どうしてもですかぁ？」

無駄なことを聞いてしまった。美咲は互いに目だけで意思疎通する感じで二人に嘲笑された。そんな少女嗜虐者たちに挟まれて、勃起を口でしゃぶらなければならなくなった。

才川の肉棒は怒ったように血管をスジ立てて、ごつごつ感が半端なかった。太田の勃起とて同様で、スジ張って漲り勃《た》っている。単にセックスさせられるだけでなく、二人がかりで嬲る面白味を味わおうとする。その悪質さ陰湿さにはおののくしかない。膨張した赤黒い亀頭が二つ、口のすぐそばに存在している。これからおぞましいものを交互に口に含まなければならないと思うと、恥辱の思いがつのり、涙が溢れそうになる。

「才川さんからどうぞ。僕はいろんなところに擦りつけてみます」

美咲はヒッとわずかに声が漏れて、身体が強張ってくる。口でしゃぶっているうちに、もう一本の肉棒をどこにくっつけられるのか想像すると怖気が振るう。

閉じていた口に、横から才川の肉棒が押しつけられて、美咲は恐るおそるその肉棒に手を添えた。

「さあ、美咲ちゃん、ジュポジュポと舐めしゃぶってね」

促されて、ゆっくり口を開けた。美咲は唇で亀頭先端部の尿道口の微妙な感触を感じ取った。

「あう、むうン……」

プンと牡臭のする太い生棒が口に入ってきて、美咲は鼻にかかる淫らな声を披露した。心理的に目を開けられなくて口に含んだ亀頭を味わった。

ビンビンに立った肉棒が口内で出し入れされていく。思わず舌と唇で圧迫してしまった。

「もっと強く口でしごいて」

才川に命じられて、美咲は顔の前後動によって肉棒を摩擦しはじめた。いやぁと心の中では抗いの声をあげるが、いきり勃った肉棒を咥えさせられたことで、観念の涙が溢れてくる。ジュブッ、ジュポッと自分でも恥ずかしくなる音を立ててしまった。うなじに嫌な感触があって薄目を開けると、太田が勃起した肉棒を手で握って亀頭が当てられていた。耳まですーっと這わされていく。

「あぁン……ふぐぅっ……いやぁぁ……」

怖気が振るう美咲である。才川のものを口で咥えて喘ぎながら、太田によってカウパー腺液を首筋から耳たぶまでなしりつけられた。

肩をすくめてしまうが、唇とうなじから耳にかけての性感帯を刺激されて口が半開きになった。二本の勃起で嬲られて穢され感が強く、膣内で愛液がジュンと分泌してしまった。フェラチオをする間中、眉間に悩ましく皺を寄せた表情は変わらなかった。

「もっと細かく、もっと複雑にやるんだ」

美咲が単調なしゃぶり方をしていると、才川に叱られてお尻をバシッと叩かれた。

美咲は仕方なく口の中の肉棒を、舌を必死に動かして舐めしゃぶっていく。

才川の腰の動きが速くなった。

硬い肉棒が舌の上を前後に行き来する。その肉棒を舌で上へ押して舐め、ジュッと吸ってしまった。

太田が肉棒を手で持って頬に近づけてきた。

才川が肉棒を口から抜いたので、赤い舌の裏の生々しいところを見せて、太田の亀頭を下から盛んに舐め上げ、おチ×ポをひょこひょこ上下動させた。

しばらくして才川は太田に気を利かせたのか、太田と代わった。

今度は太田の肉棒が前進してきて、美咲は「あむむ」と声を漏らして虚ろな眼差しで剛棒を口に含んだ。才川の肉棒も横から口にビンと立って向けられている。

(あぁ、わたし、もうだめぇ……)

美咲は観念して前と横から迫ってくる二本の肉棒を両手でやんわり握ると、交互に舐めしゃぶった。

唇と舌と淫膣の性感が刺激され、ギザギザした卑猥な襞を覗かせる膣穴から、淫汁がまたひと塊《かたまり》ジュルッと垂れ漏れてきた。

美咲は肉棒と唇の間から淫らで悲しい音色の吐息を洩らした。

二本の勃起ペニスが美咲の唾液でヌラヌラになって、ビクンと上下動すると、美咲は再び四つん這いのポーズを取らされた。

太田の肉棒にはお口のセックスをさせられながら、同時にバックからは才川の肉棒を挿入される幼膣のセックスとなった。

肉棒は二本とも抽送の速度が増してきた。太田の勃起は舌の上を滑って喉まで達し、才川の剛棒はブックリ膨らんだ亀頭が子宮に侵入した。

「あぐ……許してっ……あう、はあうぅぅーん!」

バックから強烈な才川の肉棒のピストンが繰り返されている。同時に舌と唇でジュボッ、ジュブッと音を立てて太田のペニスをしごく。

もう快感を抑えることなんてできない。幼膣内に粘汁が多量に分泌し、才川の肉棒と膣口の間から溢れている。括約筋で硬い肉茎を締めつけた。

「無理やり姦《や》られてそんなに感じて……淫乱少女めっ」

才川が罵声を飛ばした。

「むぐぅ、こ、こんな……に……むぅぅ」

太田の肉棒が口内に入って声が出せない。太田が話せるように肉棒を抜いた。

「ふぐ、こんなにされたら、誰だってぇ……」

「はっはっは！」

美咲が抗うと、才川に哄笑《こうしょう》で返された。

「ほーら、×学生なのに堕ちていく……」

太田にも肉棒を唇から鼻へズルンと擦りつけられた。

「あ、あっあああぁーん」

叫んで、身体が伸び上がり、ブルッと全身が震えた。

幸せな表情にしか見えない恍惚感を露にした。

「おうぅ、出すときは顔に行く」

才川の嫌な言葉が聞こえた。

美咲は二回、三回と、肩からガクガクッと痙攣した。顔がどうしても上を向いてしまい、恥辱の中で快感を貪《むさぼ》った。

「あぅ、あぁ、だ、だめぇぇ……」

美咲の淫膣に快感の波が嫌でも押し寄せてくる。

「おうっ、おおおっ」

才川は昂《たかぶ》ってきたらしく、慌てて肉棒を口から抜いた。

太田はもう美咲の口から肉棒を出している。

才川は美咲の顔に向けて肉棒を手でしごいた。

美咲は「いやっ」と言って顔を背けた。

顔に出す気だとわかったが、まだ射精が始まらない。才川は肉棒をしっかり握っている。ブックリ膨らんだ亀頭を顔に擦りつけられた。

唇から鼻先へヌルリとカウパーをなすりつけるように亀頭を擦りつけられて、その感触に怖気が振った。

「おうあぁっ！」

才川が呻いて濁液を発射した。

ドビユビユッ——口から鼻、目の辺りまで熱い液弾が飛んできた。

口の中にもまったりした液汁を発射された。美咲はその熱液を思わず吐き出そうとした。才川はその場にしゃがんで見ている。

「出さない。口の中に入れてるんだ」

太田が横から口を挟んできた。才川もうんうんと頷いている。

「あはぁ」

美咲は溜め息をついた。口が半開きになっている。

「むふふ、溜まってるぞ」

才川にも口の中を覗かれた。

「まだ呑み込むな。吐き出すなよ」

射精快感の余韻を味わい、美咲の顔を見ながら命じてくる。

「あう、あぁ……」

「しばらく味わえ」

美咲は口内の精汁を吐くことを許されないことで、支配されている思いになった。

今度は太田が美咲のバックに回ってきた。

美咲は肉棒をまた幼膣の奥深く嵌め込まれて、ズボズボと凌辱《りょうじょく》されはじめた。

才川に指を口の中に入れられて、舌をいじられている。濁液をぐじゅるっと口内で掻き回された。

太田の肉棒が美咲の中で、ズコズコと激しくピストンされていく。

（あぅン、続けて二回出されるぅ……いやぁぁぁ……）

両手で腰骨を摑まれ、捉えられた下半身を何とかくねらせる。力を入れて抗ったが、太田は抽送の速度を容赦なく上げてきた。

「むぐおおおっ！」

太田が鬼のような顔をして雄叫びをあげた。

ドピュピュッ、ドピュルッ——。

美咲は子宮口に熱いものを感じた。

肉棒が膣底まで突っ込まれるたび、繰り返し熱く吐精されていく。

「はあうーっ……だめぇぇぇ……あン、あぁン、あはぁあああああーん！」

絶頂感が脳天を突き抜けた。

「おうぐ……むおっ、そ、それぇ……うおおおっ！」

太田のおぞましい声を聞かされる。

熱い精汁の液弾を発射されながら、最後の詰めで肉棒をズン、ズンと数回ピストンされた。

子宮口に亀頭が押しつけられてとどまり、美咲は膣奥の力の強い括約筋で亀頭をギュッと締め上げた。

美咲は熱い精汁のまったり感を顔と子宮で味わった。

表情がたるんで顎が上がり、才川に精汁まみれの顔をニヤリと笑って見られている。

恥ずかしい大きな声をあげてしまって、少女でもその屈辱感で涙が溢れてきた。

やがて、太田の勃起が淫膣からズルッと抜き取られた。

美咲はひと休みさせられたあと、バスルームに入れられた。前にたっぷり嬲られて、アナル棒と浣腸で啼《な》かされ、イキまくった場所だけに、羞恥と不安感、そして甘い期待を抱いてしまう。

美咲は全裸で壁の前に立たされた。背中を押されて少し前屈《かが》みになって壁に手をつかされた。

背後から危険が迫るのを感じて、狼狽えながら後ろを振り返ると、目に入ったのはどこか軽蔑的な笑みを見せて腰に手を伸ばしてくる才川の姿だった。

太田は邪魔しないように気を利かせたのか離れて立っている。すでに逸物を出していた才川に、両手で腰を左右から掴まれてギクリとした。

腰骨を強く掴まれて、尻たぶに両手の指が食い込んできた。逃がさないぞという意志も感じて美咲は顔をしかめるが、臀筋をグリッとえぐる感じで刺激されて一瞬嫌な快感が生じた。

後背位を取らされて羞恥と嫌悪を感じつつも、快感に搦《から》め取られそうになる。弾力に富んだ尻肉はじっくり揉まれて変形させられた。

バックから肉棒が迫って、柔らかい尻たぶに亀頭の接触を感じた。亀頭は股間へと移動した。

(また、入れられちゃう!)

大陰唇で亀頭を感じて美咲は肉棒の挿入を覚悟したが、才川の手が腰からすっと離れた。

指が尻たぶの下のほうにちょっと引っかかって、そのあと恥裂の端に両手の親指を当てられた。

戦慄が走ったとたん、指で媚肉を裂くように割り拡げられた。

「いやぁっ!」

好色で嗜虐的なやり方に悲鳴に近い声をあげた。だが、もう後ろを振り返る勇気もなく、陰唇をくつろげられて秘穴が露出している感覚を嚙みしめた。

腰をひねって逃れようとする気にもなれずに、息を呑んで身体を強張らせていると、亀頭の感触を今度は膣穴で感じた。

(来るっ……)

感触で亀頭だとわかる。背後の見えないところで、才川が握った肉棒がぐるぐる回されている。

亀頭が円を描いて肉粘膜の上を盛んに動き回り、穴の下から上へピンと跳ねた。そして膣穴に着地した。

発情して熱く濡れた膣に、膨張した亀頭がヌニュッと遠慮なく侵入してきた。

「あひぃぃ……」

秘唇を指でくつろげておいて肉棒を挿入してくるやり方におぞましさと恥辱を感じた。

肉棒が膣内に入ってしまうと、才川の手が陰唇から離れたが、すぐ両手で腰骨を捕捉されて、美咲は激しく抽送される予感におののいた。

「奥まで、そーれ」

ズブズブッと、故意にゆっくりとやる感じで肉棒を押し込まれていく。

「だめぇぇ……あぁあああああうぅーっ！」

美咲はごつごつした肉棒が膣底まで挿入されていくに従って、背が弓なりに反って長く尾を引くような喘ぎ声を絞り出した。

しばらくズボズボと肉棒を抽送された。

「太田君、脚を上げさせて持っていてくれない？」

美咲は太田に片脚を肩より高く上げさせられた。足首とふくらはぎを摑まれて立ちバックの大股開きを強いられている。

両手をバスルームのタイルの壁にベタッとついて、「あーう」と声をあげる。

床についているほうの脚の力が抜けて、膝がカクンと曲がって身体が傾いた。

片足で立っている美咲は身体がぐらつくと、太田は足首を摑むだけでなく、太腿も手を回して抱《かか》えた。

才川が少し踏ん張ってくる感じで、美咲は上体をゆらゆらさせるが、腰は才川に手でがっちり摑まれている。横に太田も立って、壁についた美咲の脚をしっかり摑んで支えている。

二人に身体を支えられた状態で恥裂がパックリ割れて、秘穴が露になっている。

ピトッと、秘穴に亀頭がくっついた。

嫌な接触感で、美咲は眼を刹那見開いて虚空を睨んだ。

抗いの気持ちはあるものの行動に結びつかず、ただ子供なりの恥辱感を嚙みしめた。

背後で才川が腰をぐっと引く構えを取った。

亀頭の接触感が一瞬なくなったが、不穏なものを感じた。

「あぎゃぁあああっ！」

今度はひと突きで肉棒が毛の生えた基底部まで入ってきた。何度も勃起したペニスを挿入されてきたが、少女の小さい穴にはまだ大きすぎる肉棒である。

才川はいじめる犯し方が好きな質《たち》らしく、美咲は涙をこらえるのがやっとだった。

硬く張った亀頭が膣道を突き進んで子宮口を圧迫した。美咲は強い刺激に見舞われた。

「あンあおぉぉっ！」

口から雌の喘ぎ声を淫らに響かせた。

（お、おへそのところまで……ふ、深いぃ……）

肉棒は少女の胎を一気に貫いて、美咲の感覚では亀頭がへその位置近くまで達していた。

口が半開き状態で「あうう」と静かに呻いてかぶりを振る。

ズボッ、ズボッと硬い勃起が勢いよく打ち込まれはじめた。

「あああっ、だ、だめぇぇーっ……しないでっ、いやぁぁ……あぁあああうーっ！」

才川の腰が肉厚なお尻に衝突して、尻たぶが波打っている。

美咲が肉棒の挿入と抽送に喘いでいると、太田がすぐそばに立った。美咲は刹那、緊張させられた。

手が乳房に伸びてきて、小さな脂肪の肉玉を摑まれた。ギュッとつぶれるまで握られて、意地悪く揉みしだかれていく。

「だめぇ……やぁあン……」

乳首をねじられ、引っ張って伸ばされた。

美咲はイヤイヤと首を振るが、太田に好色な笑みで返され、微妙な疼痛をともなう快感が子宮にまで響いてきた。

指で両乳首ともさらに強くつままれた。不意に襲った疼痛がまた子宮をキュンと刺激する。

美咲の場合、男をムラムラとさせてそそるのは、×学生とは思えないくびれたウエストからムッチリと張り出した尻なのだが、こうして乳房を握りつぶされ柔らかく変形させられ、しかも卑猥な乳首が飛び出した状態になると、今度はその真円に近いピンポン玉くらいの小さな幼乳が俄然魅力を増してきた。

ピクピク感じる感じる乳頭に、太田の口が吸いついてきた。

「うはは、太田君、さっきからオマ×コがギュッと締まってきてるよ」

「そうですか、乳首の快感で下が反応しているようですね」

言われるとおり、美咲の膣は乳首快感のせいもあって、才川の肉茎をクイクイ締めつけていた。

太田の口が乳首から離れると、美咲の尻を抱えていた才川の手もすっと離れた。両脇から胸のほうへ手が伸びてきて嫌なものを感じた直後、二つの乳房を同時に強く握られた。

「ひいっ……そんなに、に、握るのは……い、いやぁっ！」

今度は才川も乳房を玩弄しはじめた。

乳房の脂肪肉がつぶれて芯の乳腺もギュッと圧迫されてしまい、故意に痛くさせるように握りつぶされたことがわかった。太田と比較すると才川のほうがサディスティックな気がした。

乳首は愛撫されるとピクピク感じて子宮にも響いてくるが、乳房自体はそれほど快感を感じない脂肪だけのお肉である。乳腺は指が食い込んで押されると痛いだけだった。

故意にいじめようとするなんてと、美咲は涙ぐんでしまう。乳房いじめはまもなく終わったが、幼い肉房をやわやわと揉まれながら、バックから才川の肉棍棒が力まかせに子宮まで突っ込まれた。

「はうあぁあっ！　だ、だめぇぇぇーっ……」

淫肉の快感が深くなって腰が反って固まっていく。

膣道が肉棒を挿入しやすい角度になっているようで、それを感じてわかっているが、美咲にとって不幸だった。

ズンッ、ズンッと、亀頭が子宮口に衝突しつづけた。

激しいピストンがいつ終わるとも知れず続けられて、美咲の快感の声が嗚咽《おえつ》の混ざった屈従の音色を奏でるようになった。

しばらくすると、二回戦だからか、才川の激しかった腰の前後動も落ち着いてきた。

やがてひと息つく感じで、才川が美咲から離れた。

才川はバスルームを出てまた戻ってきた。

手に何か持っているのが気になったが、それはピンクローターだった。その大人の玩具は何度も使われて快感地獄を味わわされた。

「やーん、それ感じるぅ」

ローターを見た美咲は挿入したり肉芽に当てられて、激しくイカされたことを思い出した。

「太田君、バックから嵌めてやってください。これをクリトリスに当てるから」

才川がやる気になっている。

美咲は気が気ではない。肉棒の出し入れと同時にどこか感じるところをバイブレートされる。そんなことされたらどうかなってしまいそうだ。

才川が電池ボックスの回転ボタンを回すと、ローターがブーンと鈍い音を立てはじめた。

才川が美咲の前でしゃがんで、お腹のほうからローターを持った手が伸びてきた。ローターで無毛の恥丘をくすぐられ、恥裂に入れられた。

「い、いやっ」

指先で陰核の場所を探り出され、小さな包皮を指で押しめくられて、陰核亀頭に直接ローターが当てられた。

「はうーっ！　し、しないでっ……そこは、だめぇっ……あっ、あぁあああああーっ！」

芽吹いた肉の突起をバイブレートされて、陰核はつらいほど充血勃起した。

快感で吹き出物などない白肌の背中をのけ反らせる。

「じゃあ、入れていきます」

太田に手で腰骨をがっちり捉えられて、ズボッと一気に幼膣を仕留められた。

ズンッ、ズコッと、肉棒が力強く背後から打ち込まれていく。

「あひぃぃいっ！　だめぇぇ、感じちゃうっ、はぁあうぅ、アァアアアーッ！」

美咲は膣壁で勃起を味わいながら、同時にローターで肉芽をバイブレートされて、ゆるふわボブの髪を振り乱した。

バックからの抽送による反動で幼乳がプルプルッと振動し、太田の指でその敏感な乳房をギュッとつまんでつぶされた。その痛みも膣と肉芽の快感に溶け込んでしまう。

美咲はバスルームの床に崩れるように四つん這いになり、お尻を上げて真後ろから肉棒を迎え入れるバックポーズへと移行した。

「むはは、ザクロ割れにバックリ割れて、エロ肉が飛び出してる」

「うあぁ」

才川の言い方の異様さにおののく。卑猥な言葉で蹂躙されて、おぞましいことに美咲の心のどこかに快感が芽生えてきている。

四つん這いの恥辱ポーズになると、太田の肉棒のピストンが勢いを増してきた。

美咲は床に両肘をついて四つん這いの身体を支えていたが、腕が疲労してきた。上げていた顔を横にしてべたっと床につけてしまった。

淫らな声でわななくうち、顔の筋肉がたるんできて、表情が自分でも恍惚としてきているのがわかった。

太い肉棒で媚肉をしごかれるのと同時に、陰核亀頭をローターで意地悪く刺激されていく。

びらびらの襞が付いた美咲の膣肉はローターによる肉芽の快感と合わさって、淫らな意志を持った軟体動物と化した。犯してくる肉棒を愛して締めつけ、肩までゾクゾクッと快感の痺れが襲ってきた。

膣壁全体で肉棒を締めつけた。

「許してっ……あ、あっ、あぁあああああーっ！」

顎を上げて大きく開いた口から、絶頂感の啼き声を迸《ほとばし》らせた。

膣奥の括約筋が、ギュッ、ギュッと締まって、才川の亀頭を数回絞り上げた。

「むぐおっ！」

背後から、おぞましい咆哮《ほうこう》が聞こえてきた。

太田によって最後の詰めを行うように、激しくピストンされていく。

（射精されちゃう……）

美咲は思わず、後ろを振り返った。

ドビュルッ！

子宮口に熱い濁液をかけられた。

美咲は膣壁で肉棒が脈打つのを感じた。精汁の熱が身体の芯にジンッと染みわたる。快感が狂おしく積み重なってきた。

「膣《なか》は……だめぇぇぇ……あンうっ……イ、イッ……クゥ……あぅ、イグ、あうぅン！　あンふううぅぅーん！」

床につけていた顔を起こし、上体をのけ反らせながら恥ずかしいイキ声を噴出させた。首を振りながらかん高い取り乱すわななきを発した。

「おうぐあっ……むンお、おうぅぅっ……」

太田の呻きがおぞましい。射精を感じながら、どす黒い声なんて聞きたくなかった。漲る勃起が身体の奥に入ってきて、先っぽから熱い液を出されていく。それを膣と子宮口ではっきり感じて、まだズボズボと抽送されつづけている。

肉棒と膣口の接合部から愛液の飛沫が散っていく。

「だ、出さない、でっ……だめぇぇぇ……」

ドビュッ、ビュビュッ……ビチャッ！

バックから反動をつけて、肉槍で子宮口を突き破られ、夥《おびただ》しく吐精された。

亀頭が子宮にめり込んでいる。内部にまったりとした熱い精汁を数回吐き出された。

肉棒がゆっくり引かれ、ズンッと、また突っ込まれた。

子宮にくっついた尿道口から、最後のひと吐きがビジュッと子宮内部に射精されるのを感じた。

熱いのがジュンと来た。

「むうぐぅ」

太田がいかにも満足そうに呻いた。

肉棒が淫膣から抜き取られた。

「あはぁう……あぅ……だめぇ、いやぁぁぁ……」

半開きの口から中出しされた喘ぎ声を披露している。

美咲はまた顔をベタッと床につけると、そのまましばらく腹這いになっていた。

膣内で愛液と精汁が混ざってドロドロに溶け合っている。

「穴がポカァと開いてるぞ」

太田の指で、膣穴から粘液をグジュルッとえぐり取られた。

美咲は才川の顔面シャワーの洗礼に続いて、太田の熱い精汁を膣と子宮で味わった。

「ぐふふ、オマ×コがヌラヌラで、濃厚な色合いになってるな。太田君、ここにあなたが来たとき話したけど、この子はアナル棒と浣腸が大好きなんですよ。これからやってみませんか。浣腸器でピューッと」

才川が異様な眼の輝きを見せて太田にすすめた。

太田が「いいですね」と応えて、美咲の尻たぶを鷲摑みにすると、セピア色の皺穴に指が食い込んだ。

美咲は熱く蕩けた幼膣を抱えて、意識がすっと遠のいていくのを感じていた。

◉新人作品**大募集**◉

マドンナメイト編集部では、意欲あふれる新人作品を常時募集しております。採用された作品は、本人通知のうえ当文庫より出版されることになります。

【応募要項】 未発表作品に限る。四〇〇字詰原稿用紙換算で三〇〇枚以上四〇〇枚以内。必ず梗概をお書き添えのうえ、名前・住所・電話番号を明記してお送り下さい。なお、採否にかかわらず原稿は返却いたしません。また、電話でのお問い合せはご遠慮下さい。

【送付先】 〒一〇一-八四〇五 東京都千代田区神田三崎町二-一八-一一 マドンナ社編集部 新人作品募集係

美少女粘膜開発《びしょうじょねんまくかいはつ》

二〇二二年 一 月 十 日 初版発行

著者◉高村マルス【たかむら・まるす】

発行◉マドンナ社
発売◉二見書房
東京都千代田区神田三崎町二-一八-一一
電話 〇三-三五一五-二三一一(代表)
郵便振替 〇〇一七〇-四-二六三九

印刷◉株式会社堀内印刷所 製本◉株式会社村上製本所 落丁・乱丁本はお取替えいたします。定価は、カバーに表示してあります。
ISBN978-4-576-21201-2 ◉Printed in Japan ◉©M.Takamura 2022